KATARINA MAZETTI

ENTRE LE CHAPERON ROUGE ET LE LOUP, C'EST FINI

roman traduit du suédois par
Max Stadler et Lucile Clauss

BABEL

ENTRE LE CHAPERON ROUGE ET LE LOUP, C'EST FINI

Qu'est-ce que j'ai fait pour mériter ça !

Seule et sans un sou dans une rue crasseuse au beau milieu d'une grande ville, à deux heures et demie du matin.

Une ville pas si sympa que ça. Pas vraiment un paradis pour touristes.

Ma main brûlée palpite sous mon bandage souillé.

Je suis adossée contre l'épave d'une voiture sans pneus, dans un cul-de-sac qui débouche sur un mur. Des deux côtés de la rue, les fenêtres sont barricadées par des planches. Ça sent la pisse.

Et ces trois mecs qui me fixent là-bas me donnent la chair de poule.

Le Blanc qui montre ses dents pointues pourrait me dévorer au petit déjeuner. Les deux autres lui tendraient les couverts et la serviette.

Qu'est-ce que j'ai fait ?

J'ai fugué. Participé à un cambriolage. Rien que ça.

J'ai fait de la sorcellerie. Le sort a dû se retourner contre moi.

Si on était dans une série télé, je pourrais m'échapper en escaladant le mur. Mais là, dans la réalité, je n'ose pas bouger d'un millimètre. Et ça vaut mieux parce que je me serais sans doute emmêlé les pieds puis explosé le crâne contre le bitume. Sans parler de ce qui m'attendrait derrière le mur.

Au secours !

Ils viennent vers moi !

ATTACHEZ VOS CEINTURES !

J'ai raconté cette histoire tant de fois que je me demande quelle est la bonne version. Le scénario change au fil des gens que je rencontre. Un mélodrame pour ma famille. Un film d'action pour mes camarades d'école. Une tragédie romantique pour Madeleine et Malin, deux filles que j'ai commencé à fréquenter après la mort de Pia, ma meilleure amie.

Pia n'aurait jamais avalé ces mensonges, elle me connaissait trop bien. Elle aurait fait semblant de ne pas entendre aussitôt que je me serais éloignée de la vérité. Alors que Madeleine et Malin gobent tout ce que je leur raconte. C'est pour ça que j'ai introduit quelques scènes en référence à leur série télé préférée. J'y ai mis pas mal d'énergie, parce que je n'avais pas envie de leur avouer l'embarrassante vérité.

Depuis la mort de Pia, je mens à tout le monde sauf à moi-même. Quand j'étais plus jeune, je passais mon temps à mentir, avant tout pour éviter de me faire disputer et pour pouvoir faire ce qui me chantait sans que personne ne mette le holà.

Ou bien juste pour crâner. A force d'inventer des histoires à dormir debout que je pimentais sans cesse de nouvelles péripéties, il m'arrivait de perdre le fil.

Parfois, j'avais l'impression d'être un de ces passeurs de drogue qui avalent des capsules de cocaïne. Ils savent que seule une mince pellicule de plastique les sépare de la catastrophe. Dès qu'ils les ont avalées, ils sont à leur merci : si elles explosent, c'est la mort.

C'est comme ça que je me sens quand je viens de sortir un gros bobard : si la vérité éclate, c'est fini. Trop tard pour faire marche arrière.

Pia m'a guérie de ma mythomanie. Du moins pendant un certain temps. Elle-même ne mentait jamais. Elle ne dévoilait certainement pas tout mais disait toujours qu'elle avait arrêté de mentir, de peur de commencer à y croire elle-même.

Ça m'a convaincue. En effet, ce n'est pas agréable d'être prise à son propre piège. Les autres t'en tendent assez. Et c'était merveilleux d'avoir quelqu'un comme elle, à qui je n'étais pas obligée de mentir. Parfois, elle me prenait sûrement pour une idiote, mais elle faisait avec.

Non pas que j'aie arrêté de monter des bateaux, mais j'ai commencé à essayer de me rappeler comment les choses se sont vraiment passées. Comme si je tenais une double comptabilité, une secrète et une publique.

Prenons un exemple, un truc tout bête :

Jonas, un mec de ma classe, me rend le foulard que j'ai perdu. Devant Madeleine je prétends l'avoir vu plonger son nez dedans et soupirer langoureusement. “Oooh”, fait Madeleine, impressionnée, “il est sûrement amoureux de toi !” Je ne l’empêche pas de le croire, mais dans ma tête je me dis sévèrement : tout ce que j’ai vu c’est Jonas en train d’agiter le foulard à hauteur de son nez. Il aurait aussi bien pu se moucher dedans. C’est à ça que se limite son intérêt pour moi.

Ça me faisait du bien de me rappeler la réalité des choses, comme une bonne douche froide de temps en temps. C’est bon pour la circulation.

En attendant que grand-mère revienne, le chapeau enfoncé sur la tête et le mégot aux lèvres, je vais récapituler ce qui s’est vraiment passé pendant ma fugue. Attachez vos ceintures et redressez vos sièges !

DANS LA MOYENNE NATIONALE

Est-ce que vous avez déjà essayé de replonger dans vos souvenirs pour les explorer à tâtons ?

Fermez les yeux et imaginez-vous devant la porte de la maison de vacances où, enfant, vous passiez tous vos étés. Tentez de revoir cette porte et sa poignée, souvenez-vous du contact de votre main sur le métal. Ouvrez la porte et entrez, regardez à droite et à gauche. Quels meubles voyez-vous, qu'y a-t-il accroché au mur, de quoi est fait le plancher, quelle odeur sentez-vous ? De quoi vous souvenez-vous ?

De beaucoup plus que ce que vous croyiez, non ?

J'ai déjà essayé. En pensée, je peux traverser l'appartement que nous avons quitté lorsque j'avais huit ans, et je revois distinctement chaque tache sur le papier peint et la moindre égratignure sur le lino.

Le truc ce n'est pas de regarder des photos ni de se faire raconter par quelqu'un comment c'était, mais de se laisser assez de temps. Il faut s'y introduire tout seul, peut-être faudra-t-il s'y reprendre à plusieurs fois, mais on finit par y arriver tôt ou tard.

Je pénètre maintenant dans notre appartement tel qu'il était au mois d'août l'année dernière.

Il se trouve au deuxième étage d'un immeuble qui en compte trois. La cage d'escalier est poussiéreuse et remplie d'une odeur de cuisine. Et quand on s'avise de monter l'escalier, ça résonne dans tout l'immeuble. L'ascenseur ronfle.

Notre porte est brune et percée d'une ouverture de boîte aux lettres sur laquelle on peut lire *Nilsson – Bovén*. Maman, moi et mon petit frère Knotte, on s'appelle Nilsson, mais le nom de famille d'Ingmar, le petit ami de maman, est Bovén. Je le surnomme le Bovin, au bout de dix ans, ça a toujours le don de l'agacer. "Salut le Bovin ! C'est toi qui m'as piqué mes baskets en vachette ?"

Je ne le fais pas en présence de maman.

Je prends la clé attachée à mon sac d'école par une spirale, et la tourne dans la serrure. Dans le vestibule, ça sent le bois fraîchement coupé et la saucisse grillée.

Chez nous, on se nourrit essentiellement de saucisses. Ingo, moi et même Knotte y avons toujours recours quand l'un d'entre nous doit faire la cuisine. Quand c'est mon tour elles sont accompagnées de pâtes, Ingo prend de la purée en sachet et Knotte fait cuire ce qui lui tombe sous la main, ça peut être tout et n'importe quoi, de la poire jusqu'au pain complet. Quand elle est pressée, maman aussi fait des saucisses.

Elle est toujours pressée.

L'odeur de bois vient de l'atelier, une pièce dans laquelle Ingo passe ses journées à tailler et à limer des petites branches d'arbre qu'il a ramenées à la maison. C'est qu'il est artiste. Mais n'a jamais exposé ni vendu la moindre œuvre.

Comment il sait qu'il est artiste, je n'en ai aucune idée. “C'est une vocation !” explique Ingo. Il dit ça sur le ton de la plaisanterie, mais au fond il est sérieux.

Et comment peut-il savoir qu'il n'est pas fait pour être menuisier ?

“On le sait dans son âme !” réplique Knotte toujours très fermement. Ingo est son père, moi je ne suis qu'une pièce rapportée, souvenir du premier mariage de ma mère. Tout comme le mobilier de la cuisine et le grand canapé du salon. En moins pratique.

D'accord, il ne s'agit que du point de vue d'Ingo. Maman ne m'a jamais traitée comme un meuble. Knotte non plus. Un jour, dans une crise de jalousie, il a arraché tous mes posters de stars. Il a pleuré toutes les larmes de son corps et a menacé de louer un canon pour abattre chacun de mes prétendants si je m'avisais de vouloir me marier avec un autre que lui. Il avait six ans à l'époque et j'étais folle de lui. Je le suis toujours. Louer un canon !

Dans le couloir, je contourne le guéridon sur lequel se trouve le répondeur. De toute façon, il ne clignote jamais. La première chose que fait Knotte en rentrant de l'école c'est d'écouter les messages, puis il les efface. Le soir, avant de s'endormir, il dit des choses comme : “Ah oui, au fait, il y a un monsieur du bureau des impôts administratifs, ou immobiliers, qui a appelé et qui a dit que tu dois absolument le rappeler aujourd'hui à propos d'un tas d'argent et que demain ça sera trop tard." Et maman se met à faire les cent pas pendant toute la nuit, au bord de la crise de nerfs.

Moi, il me sort des trucs du genre "Linnea, il y a un mec qui a appelé pour toi et qui a dit qu'il voulait t'embrasser ! Ah ! Ah ! Ah !" et je ne sais jamais s'il dit ça pour me faire marcher. Imaginez qu'un mec ait vraiment appelé. Ça pourrait être qui ?

Ensuite je nous vois tous les quatre assis dans la cuisine, sous la lumière vive du néon, en train de manger de la saucisse dans nos assiettes fleuries.

Ingo fait disparaître d'énormes morceaux dans sa barbe aussi hirsute qu'un nid d'oiseau abandonné. Pendant le repas, il parle de ce qu'il appelle la Vision X, qui n'est en fait que quelques branches entrecroisées qu'il a passé la journée à façonner pendant que maman s'échinait pour notre pain quotidien.

Elle est petite, agile et un peu nerveuse, quand elle met le turbo, elle est plus rapide que l'éclair. Elle ressemble à une maman-oiseau qui penche sa tête pour me faire ingurgiter encore un morceau de saucisse. Depuis qu'elle a lu un truc sur l'anorexie, elle ne me quitte pas des yeux une seconde, histoire de s'assurer que je ne mange pas un gramme de moins que ce qu'elle considère comme la ration réglementaire.

Une seule de ces rations réglementaires suffirait sûrement à nourrir une famille du tiers-monde pendant une semaine.

"Tu ne vois pas que j'ai déjà des bourrelets partout !" je proteste. "Regarde ma tête ! J'ai des joues de hamster !

— On appelle ça «avoir des pommettes saillantes»", répond maman en faisant glisser deux pommes de terre sur mon assiette, ni vu ni connu.

Moi c'est Linnea, dix-sept ans, et je mesure près de deux mètres et demi. Enfin, j'en ai l'impression. J'ai hérité ça de mon père. Sinon physiquement, je suis dans la moyenne nationale : je pourrais servir de référence statistique. Des yeux bleus et la même couleur de cheveux que la moitié des Suédois, une couleur qui n'en est pas vraiment une. A long terme, l'immigration devrait contribuer à enrichir le spectre de nos couleurs de cheveux. Ça paraît logique.

Knotte essaie de tout faire en même temps : manger sa saucisse, boire du lait et régler l'heure de sa montre noire, grosse comme une soucoupe. Il est vachement fier de ses fonctions chronomètre et calculatrice. Ça ne m'étonnerait pas que ce gadget révolutionnaire fasse aussi tondeuse et brosse à chaussures. Ingo l'a ramenée de sa lune de miel avec Maman. Ils ont passé deux semaines en Crète, pour mettre certaines choses au point, je ne sais pas quoi exactement. Mais la génération S comme Secret tient à ne jamais rien révéler qui soit susceptible de nous inquiéter.

Dans ma classe, il y a une fille qui a des parents qui font tout le contraire. Tous les deux jours, ils organisent un conseil de famille pour discuter de leurs relations, et ils y vont franchement.

La mère demande à ma camarade comment elle pourrait surmonter la forte attirance sexuelle qu'elle éprouve pour son prof de gym. Et le père lui demande si ça l'a gênée qu'il l'ait prise dans ses bras quand elle était petite. Elle dit que, depuis que ses seins ont poussé, il a une peur bleue d'elle et n'ose presque plus la regarder. C'est plutôt *ça* qui la gêne. Je préfère encore la génération S à de tels parents.

Je viens de rentrer de chez ma grand-mère. Je suis restée chez elle pendant tout l'été pour essayer de retrouver un équilibre, après la mort de ma meilleure amie. Celle de Pia, la fille qui ne mentait jamais sans pour autant tout dévoiler. Mais c'est une autre histoire. Et puis bordel, je n'ai pas l'intention de la raconter. Parce que comme je vois les choses, Pia a préféré mourir qu'avouer la vérité, quelle qu'elle soit. Et ce n'est pas à moi d'y fourrer mon nez. Pas encore en tout cas.

J'essaie de me réjouir que la vie ait retrouvé son cours normal. A certains moments, tout semble redevenir comme avant. Mais au bout de quelques jours à peine, j'ai l'impression d'avoir trahi Pia : je me mets dans une colère noire, me retire dans mes pensées, et claque toutes les portes derrière moi. Autour de moi, tout le monde marche sur la pointe des pieds. Ils sont tellement compréhensifs que j'ai envie de leur casser la gueule. C'est de plus en plus rare, c'est clair, mais je soupçonne que cette histoire me hantait encore au début de l'année scolaire.

Ça expliquerait pas mal de choses.

Cette année a été la plus délirante de ma vie. C'était un chaos hallucinant, et complètement incroyable ; sans doute trop invraisemblable pour le scénario d'une série télé.

L'EGO DU JOUR

Bon alors… Madeleine et Malin.

Après la mort de Pia, pas mal de personnes sont venues vers moi pour essayer de me soutirer des détails croustillants, car tout le monde savait qu'elle avait été ma meilleure amie. L'un après l'autre, ils m'ont approchée et ont mis leur bras autour de mon épaule, m'ont offert du Fanta et des petits pains à la cannelle à la cafèt pour me tirer les vers du nez.

Mon sens moral ne bat certainement pas tous les records. Je casse du sucre sur le dos des gens, je suis la commère de service et tous les moyens sont bons pour faire mon intéressante. Mais sur Pia, il n'y avait rien à faire, je ne soufflais pas un mot. J'avais fait un sacré effort pour arrêter de penser à ce qu'elle avait dû ressentir juste avant de se jeter sous ce train… et à quoi elle avait pu ressembler après…

Je marmonnais donc des paroles incompréhensibles dans ma canette de Fanta. Personne n'a tenté de m'inviter une deuxième fois. J'essayais de me dire que c'était par loyauté envers Pia, même si j'ai continué à accepter les petits pains à la cannelle tant qu'on m'en proposait. Madeleine et Malin étaient les seules à ne jamais m'avoir interrogée au sujet de Pia. C'est peut-être pour ça que je suis restée avec elles.

En y repensant, je me dis que si Madeleine n'a jamais posé de questions, c'était parce qu'elle était trop obsédée par son apparence pour regarder plus loin que son bouton sur le nez.

Malin, quant à elle, a l'esprit tellement embrouillé qu'elle est déjà assez surmenée quand il s'agit de mettre un pied devant l'autre. Elle ne se rappelle jamais les noms et confond sans arrêt les gens. Pia, quelle Pia ?

En fait, elles sont reposantes. On n'a pas besoin de réfléchir quand on est avec elles, ça ne ferait que compliquer les choses. A défaut d'avoir une amie comme Pia, avec laquelle on peut explorer les moindres recoins de sa personnalité, je me rabats sur des filles comme Madeleine et Malin. Comme on n'attend rien d'elles, on n'est jamais déçu.

Madeleine est dans ma classe. Elle est de taille moyenne, de poids moyen et moyenne elle-même, les cheveux blond cendré et des fringues qui reflètent parfaitement la mode du jeune moyen. Les profs ont du mal à se rappeler son nom. Même son voisin de table arrive à peine à s'en souvenir. Alors qu'elle-même croit dur comme fer qu'elle est au centre de toutes les attentions et que tout le monde est continuellement en train de la mater. Parfois, elle en est fière, parfois ça lui fout les jetons. Elle doit être la personne la plus paranoïaque du monde, parmi tous ceux qui se baladent en liberté.

Elle n'est pas capable de s'asseoir sur une chaise sans se donner en spectacle en louchant dans toutes les directions. Quand elle a un bouton sur le front, elle est persuadée que la classe se réunit à chaque récré pour en parler. Si, par un malheureux hasard, elle se retrouve sur la photo de classe avec les yeux fermés, elle panique en voyant quelqu'un feuilleter l'annuaire des élèves, car elle est convaincue que tout le monde commente l'air débile qu'elle a sur le cliché.

Je me suis habituée à voir les discussions avec Madeleine comme une sorte d'émission d'informations. Je les appelle "L'ego du jour". Elle me prend à part et commence toujours par les dernières nouvelles de son look, puis elle enchaîne avec ce qu'elle a dit, ce qu'elle veut dire et ce qu'elle n'a pas du tout envie de dire. La moitié de ce qu'elle raconte est le fruit de son imagination, j'en suis consciente, en particulier lorsqu'elle interprète les regards soi-disant insistants des garçons. Il est rare que je l'écoute vraiment. Généralement, je conjugue des verbes irréguliers dans ma tête, ou je finis un problème de maths en attendant la fin de l'émission. Ce qui n'a pas l'air de la gêner.

Vous voyez, je suis assez vache avec Madde. La vacherie est mon nouveau passe-temps. J'ai remarqué qu'en montrant mes canines empoisonnées je pouvais faire marrer les gens et ça m'a donné un certain statut. Les gens y réfléchissent à deux fois avant de me chercher des noises. C'est agréable.

Si je parlais devant tout le monde de l'ego du jour, je marquerais sûrement des points. La seule qui ne capterait rien serait sans doute Madde.

Mais je m'en abstiens. Il faut bien que j'aie des relations sociales, si je ne veux pas risquer de me retrouver dans le bureau du psychologue scolaire. Si vous trouvez que je suis faux cul, je peux vous consoler : Madeleine se fout bien de ma petite personne, je ne suis qu'une paire d'oreilles qu'elle n'a pas encore réussi à user. La propriétaire des oreilles ne l'intéresse pas, sinon elle ferait de temps en temps une pause pour respirer et me laisser participer à l'émission.

Elle m'est d'une grande utilité en tant qu'exemple à ne pas suivre. Maintenant, je me rends très vite compte quand je commence à ressembler à l'ego du jour. Peu à peu, je commence à comprendre que les autres ne me matent pas tout le temps…

Malin est complètement différente. Je l'aime bien, parce qu'elle m'admire et me prend pour modèle ! C'est une expérience toute nouvelle pour moi, jusque-là, Knotte a été la seule personne à m'aduler. Malin est en terminale, elle a un an de plus que moi. Elle est petite, maigre et tellement pâle qu'elle paraît transparente. Ses cheveux châtains seraient super beaux, si elle ne les teignait pas en un noir dramatique ; comme ça, ils perdent leur éclat et se transforment en fourrure synthétique poussiéreuse. Evidemment elle oublie souvent de les recolorer. A la racine, ses cheveux sont donc toujours châtains. Elle a des piercings, des boutons et des anneaux, dans toutes les parties du corps : les sourcils, le nez, le nombril et la langue, sans oublier les oreilles. Elles sont tellement percées qu'elle a l'air d'un troll dessiné par John Bauer. Je parie qu'elle ne pèserait plus que la moitié de son poids si on lui ôtait tout ce métal. C'est peut-être pour ça qu'elle a des piercings, pour ne pas être emportée par le vent.

Malin est sensible, rêveuse et a tout de suite les yeux rouges quand quelqu'un rit à ses dépens. Voilà pourquoi on est devenues amies. Une fois, pendant un film, j'étais assise une rangée devant elle et j'ai entendu comment les mecs se moquaient d'elle à cause de ses piercings. Le batteur de l'orchestre de l'école, un gars balèze et costaud, a essayé de frapper sur ses oreilles avec un stylo. “Ton tas de ferraille dans les oreilles est dégueulasse, Malin, mais peut-être qu'il peut servir à faire de la bonne musique”, a-t-il dit en faisant comme s'il voulait tambouriner sur ses oreilles avec des baguettes.

Je me suis retournée. “Dis, tu sais qu'il y a des gens à qui ça va très bien le métal dans la figure ! Toi par exemple, on devrait te fermer la gueule avec des agrafes !” ai-je grogné. Les autres ont rigolé, et depuis ce jour Malin me suit comme un fidèle labrador.

Malin a peur de tout. De l'orage comme des insectes, du noir comme du proviseur, de la pollution comme de trucs aussi bizarres que la superglue ou encore le DOS ! Elle a poussé un cri d'horreur la fois où j'ai dévissé le capuchon d'un tube de superglue pour réparer ma boucle d'oreille. Elle était convaincue que la boucle d'oreille resterait pour toujours collée à son doigt, ou qu'on devrait lui amputer la main si elle s'approchait trop près du tube de colle. Une autre fois, alors qu'on était en salle informatique et que je farfouillais dans les programmes, elle n'arrêtait pas de répéter, paralysée par la peur : "Et si on atterrit dans le DOS ? Et si on atterrit dans le DOS ?" Elle n'avait pas la moindre idée de ce qu'était le DOS, mais elle semblait croire que si on y pénétrait, le disque dur de l'école s'effacerait, ou qu'on pourrait brouiller le système informatique de l'armée et par la même occasion envoyer des missiles ou des choses plus graves encore sans faire exprès.

Franchement, elle est touchante. J'aimerais l'envelopper dans un bout de tissu et la mettre dans mon sac pour l'emmener partout où je vais, elle est devenue une sorte de peluche pour moi.

LE SENS DE LA VIE

Des tics.

Des tressaillements incontrôlés du visage.

Tout au long de l'automne j'ai eu une espèce de tic, même si ce n'était pas un tressaillement.

J'allais d'une personne à l'autre pour les interroger sur le sens de la vie. Je ne pouvais pas m'en empêcher. Et après le suicide de Pia je n'avais plus de tabous. Je n'y suis pas allée de main morte, comme on dit.

Je ne suis pas allée jusqu'à harceler la caissière du supermarché avec mes questions sur le sens de la vie pendant qu'elle était occupée à peser les tomates. Mais presque. Ça m'aurait quand même intéressée de savoir ce qu'elle pensait. Est-ce que pour elle le sens de la vie se résumait à être assise à la caisse et à passer des codes-barres au scanner dans le but d'amasser assez de fric pour acheter des rollers à ses gosses ? On se le demande. Comment les gens peuvent-ils se borner à vivre leur petit train-train sans chercher à savoir ce qui est derrière tout ça ? C'est comme participer à une course sans même savoir où se trouve l'arrivée, ou même s'il y en a une.

Un soir, j'ai posé la question à maman. Après le boulot, la vaisselle et les infos de onze heures, quand elle a été à mon entière disposition. "Dis maman, d'après toi, c'est quoi le sens de la vie ?"

Elle m'a jeté un regard pensif, puis elle est restée quelques minutes devant la fenêtre sans rien dire. Maman dit toujours qu'on peut tout expliquer aux enfants si on s'efforce de trouver les bons mots.

Ça suppose aussi qu'on connaisse la réponse. Ce qui n'était manifestement pas son cas.

"Si la vie a un sens, personne ne m'a encore fait l'honneur d'éclairer ma lanterne", a-t-elle fini par dire. A mon avis, ce n'était pas une si mauvaise réponse, en tout cas meilleure que certaines qu'on m'avait déjà données.

Un dimanche, je suis tombée sur la retransmission radio d'une messe, alors que je cherchais quelques bonnes chansons à enregistrer. Un prêtre à la voix d'animateur de télé-achat lisait un passage de la Bible. "Le véritable sens de notre courte existence sur cette terre est d'aider notre prochain !" a-t-il déclamé. Ah, et quel est le sens de la vie de notre prochain ? Est-ce qu'on doit tous passer notre temps à nous entraider ? Un cercle vicieux qui se finit dans un éternel court-circuit ?

J'ai déboulé dans l'atelier d'Ingo, et je lui ai balancé la question en pleine figure, alors qu'il était en train de cisailler ses éternels bâtonnets de bois.

"Le sens de la vie est de trouver qui l'on est !" a-t-il répondu distraitement. Ah. Alors le sens de tout ça, c'est donc que six milliards de gens se baladent sur Terre en essayant de savoir qui ils sont ? Et une fois qu'on connaît la réponse, la vie perd-elle tout son sens ?

Ingo m'a chassée de l'atelier. "Trouve donc une meilleure explication !" a-t-il lancé. Ah oui Ingo, je finirai bien par trouver quel est le sens de la vie si je ne crève pas avant !

J'ai même appelé papa à Malmö pour lui demander. Ça l'a pas mal étonné vu que ça faisait plusieurs mois qu'on ne s'était plus parlé, depuis que je l'avais remercié pour son cadeau d'anniversaire. "Papa, il y a un truc que j'aimerais savoir. Quelle est ton opinion sur le sens de la vie ?"

Il s'est mis à ricaner en faisant ho-ho-ho. "Ecoute, ma fille, moi aussi je me suis posé ces questions à ton âge !" a-t-il dit. Cause toujours.

Je savais bien que ça ne servirait à rien de demander à Madeleine, mais je l'ai fait quand même.

"Le sens de quoi ? a-t-elle fait en me regardant bêtement.

— De la vie, Madeleine ! La vie, la vie, la vie !

— Pourquoi ?" a-t-elle demandé, ce qui était assez rusé de sa part puisqu'elle me retournait la question.

Mais sa ruse était complètement involontaire. Elle avait juste envie de poursuivre son baratin là où elle l'avait laissé. Au milieu d'un de ces flots de paroles à la "et alors il a dit et moi j'ai dit..."

Malin m'a surprise. Elle a réfléchi presque aussi longtemps que maman.

"Je m'imagine ça en plusieurs étapes ! a-t-elle expliqué. D'abord il faudrait savoir si sa propre vie a un sens, si on doit servir à quelque chose. Quand on a franchi cette étape et qu'on pense pouvoir être utile, on peut commencer à se poser des questions sur le sens de tout ça. Mais je ne crois pas que j'y arriverai un jour, a-t-elle ajouté. Je ne suis pas assez intelligente pour ça."

Malin est deux fois plus intelligente qu'elle le croit.

J'ai aussi posé la question à ma prof principale. Elle a eu l'air embarrassée et m'a proposé d'en parler au prof de religion. J'ai même interrogé un mec au beau milieu d'un slow au bal de l'école.

"Je ne connais rien de la vie mais je sais comment on la fabrique !" a-t-il répondu avec un large sourire. OK, je l'avais cherché.

Un samedi, je suis allée chez ma grand-mère. C'est mon gourou, je me la suis gardée pour la fin. "Mamie, quel est le sens de la vie ?"

Je ne m'attendais pas à une réponse précise, et encore moins à ce qu'elle se mette en colère. Mais c'est ce qu'elle a fait.

"Ecoute-moi bien ! J'ai soixante-sept ans, a-t-elle dit. Les réponses que j'ai trouvées tout au long de ma vie, j'ai payé cher pour les avoir. Et toi, tu viens là et tu aimerais les avoir gratuitement ! Ça ne marche pas comme ça, ma chérie ! C'est à chacun de trouver une réponse au plus profond de lui-même ! Il n'y a pas de raccourci ! Et ce n'est pas dit que tu arrives au même résultat que moi !"

J'ai dû avoir l'air très déçue, parce qu'elle s'est empressée d'ajouter d'une voix plus douce :

"Mais c'est déjà bien que tu commences à te poser ce genre de questions. Ne t'arrête jamais !"

Entre-temps, j'ai abouti à la conclusion que la question était mal formulée dès le départ. C'était comme demander "Est-ce que tu crois en Dieu ?" sans expliquer ce qu'on veut dire par Dieu : un gentil vieux monsieur barbu ou la mystérieuse énergie vitale des molécules d'ADN ?

"Quel est le sens de la vie ?" Ma réponse serait la suivante : "Qu'est-ce que tu entends par la vie : la mienne, la vie en général ou celle des vers de terre ?" ou bien encore : "Qu'est-ce que tu entends par le sens ?"

Mon petit frère Knotte m'a fourni une réponse intéressante. A dix ans, presque onze. Je ne m'adressais pas vraiment à lui, je pensais juste tout haut sans attendre une quelconque réponse. Mais il a pris cette question très au sérieux.

"Le sens de la vie ? Comment est-ce qu'on peut le savoir avant qu'elle se termine ? a-t-il dit. C'est comme dans un film. On ne sait pas vraiment de quoi il parle avant d'avoir vu la fin ! C'est à ce moment-là qu'on peut commencer à réfléchir pour comprendre le début."

Tu as raison, Knotte. Qui sait, il y a peut-être plein d'esprits fraîchement trépassés autour de nous qui sont en train de faire dérouler le film de leur vie. Une fois qu'ils ont compris où conduit le scénario ils peuvent tranquillement se transformer en vapeur bleue pour réintégrer la circulation. C'est ça le recyclage.

Voilà pourquoi j'ai l'impression que Pia n'est pas très loin.

Mais elle s'éloigne de plus en plus.

T'ES TROP PROFONDE, NILSSON !

Et puis je suis tombée amoureuse.

Je n'avais rien de mieux à faire. Tous les jours, même programme : devoirs, interros, télé, dodo. Vendredi et samedi soir, aller en boîte ou à une fête. Les soirées en boîte étaient aussi prévisibles qu'une journée d'école ordinaire, j'aurais pu établir un emploi du temps précis. J'aurais pu prédire qui serait ivre et à quel moment il commencerait à nous faire chier, qui serait en train de pleurer aux W-C et l'ordre dans lequel ils passeraient les chansons. La seule différence entre les semaines était le temps : de la bruine, des averses ou de la grêle.

J'habite dans une petite ville. Comme partout il y a quelques scandales mais c'est plutôt rare que quelqu'un pète vraiment les plombs. D'accord, Karin de seconde B est tombée enceinte et a refusé de se faire avorter. Après avoir bu du schnaps maison un vendredi soir, Kristian a pris un couteau avec lequel il a lacéré les vêtements des gens. Måns Boström est entré au conservatoire de théâtre et a eu droit à une pleine page dans le journal local. Ça a permis d'alimenter les ragots pendant une semaine, puis c'était à nouveau le calme plat.

Pas étonnant que les gens soient scotchés aux séries télé. Il y a cinq ou six intrigues en même temps, les héros contractent des maladies incurables, s'éprennent des mauvaises personnes, sont accusés de meurtres qu'ils n'ont pas commis, perdent la mémoire, sont infidèles, ou héritent d'une fortune puis la perdent au jeu. Je préférais les séries télé de la côte ouest américaine qui se déroulaient à Los Angeles ou San Francisco. Leur contenu n'était pas forcément plus intéressant mais le beau temps qu'il y faisait me donnait une furieuse envie d'y aller. Pouvoir se balader en minijupe et petit haut, descendre les trois marches de la villa pour arriver sur une plage sans fin… Les palmiers, les immenses vagues bleu-vert, les terrasses ensoleillées… Au bord d'une de ces piscines à l'eau turquoise, je supporterais avec courage la plus mortelle des maladies. Et si mon amant me laissait tomber, je m'en remettrais sans problème à condition que je puisse siroter des cocktails à l'ombre du parasol d'un bar. Je ne me prendrais pas la tête sur le sens de la vie, en bikini au volant de ma voiture de sport jaune.

C'est ce que je croyais à l'époque. Ce qui m'est arrivé depuis a bouleversé cette vision des choses. Mais ne brûlons pas les étapes. L'automne dernier, je suis donc tombée amoureuse de Jonas.

Jonas est dans ma classe. Il est grand et baraqué, et ne dit pas un mot s'il n'est pas directement sollicité par le prof. Mais son regard ouvre la voie à de multiples interprétations. J'adore ce genre de mecs. Il suffit qu'ils la ferment pour que je passe un certain temps à les adorer de loin. Mais dès qu'ils ouvrent la bouche pour dire quelque chose qui relève du niveau d'un canard en plastique, mon intérêt pour eux s'envole en une seconde.

Dans le silence de ces garçons, je perçois les qualités les plus intéressantes et les imagine en train de rêver à ce qu'il y a derrière les montagnes, se battre contre des forces obscures qui dominent leur inconscient et partir en quête du sens de la vie et de l'amour. Lire des poèmes et méditer sur la faim dans le monde. (C'est ce que je fais moi-même – vous pouvez bâiller ou éclater de rire, à vous de choisir !)

Je sais d'expérience que ces mecs stylés méditent plutôt sur les chevaux à jouer aux courses, la manière de se procurer de l'alcool ou l'origine de la panne du carburateur de leur mob. Ils sont préoccupés par les vidéos porno, les jeux d'ordinateur, les nouvelles coiffures, le hockey, le fric et les boutons d'acné.

J'accepte tout ça chez les mecs qui sont juste des copains. Si, si, il y en a plusieurs avec qui je bavarde à la cafèt. Pourquoi ça m'énerverait qu'ils s'intéressent à ça ? Moi-même je gaspille la moitié de mon temps à penser aux séries télé, aux coiffures, aux fringues, aux films porno, à mes boutons et à mes ongles.

Mais je ne peux pas supporter l'idée que les mecs costauds et calmes, dont j'ai envie de tomber amoureuse, soient des types ordinaires aux mains moites qui racontent des blagues cochonnes.

Ça me refroidit tout de suite. Ils le vivent très bien puisque, jusqu'à présent, ils n'ont jamais remarqué que j'avais craqué pour eux… Nos chemins se séparent sans regrets. Je suis bien sortie avec quelques-uns, on est allés au cinoche et au MacDo, on s'est bécotés dans des entrées d'immeubles ou à des fêtes, comme tout le monde quoi. Je ne suis pas une marginale mais on ne se précipite pas sur moi non plus.

Et le plus souvent, mes histoires d'amour sont foireuses. Prenons Andreas, par exemple. Il passait me voir un soir sur deux et me demandait régulièrement si je voulais aller danser. La plupart du temps, on restait dans ma chambre à boire du Pepsi, à dénigrer nos camarades de classe et à discuter fringues – et mecs. On est aussi allés danser, mais à part ça, pas la moindre tentative de me prendre la main. A la fin, j'ai capté qu'il cherchait juste une "meilleure amie" et qu'il avait autant d'intérêt que moi pour les mecs…

J'aurais pu lui en parler, mais au lieu de ça j'ai commencé à l'éviter. Ce n'est pas que j'aie quelque chose contre l'homosexualité. Mais pour moi, c'est un terrain inconnu.

Ça ne doit pas être facile pour eux. C'est sûrement pas bien différent qu'être hétérosexuel mais ça me casserait les pieds d'être entourée de gens qui chuchotent derrière mon dos : "T'as vu, c'est Linnea ! Tu savais qu'elle était hétéro ?"

Comme s'il n'y avait que la sexualité dans la vie.

Ou prenons Stefan, avec qui j'ai dansé tout au long d'une magique soirée du mois d'août et qui m'a raccompagnée chez moi en entourant mes épaules de son bras musclé. On s'est assis sur un banc. Après quelques minutes de silence on s'est embrassés et on s'est un peu pelotés. La brume était baignée de clair de lune et c'est là que j'ai récité un passage de mon poème préféré de Hjalmar Gullberg :

Dès que s'ouvre là-haut le portail
Ôtez vos soucis jusqu'ici embarqués.
Près du miroir, ce funeste soupirail
Se tient tout droit le laquais.
Et dans ces cinq tiroirs, il posera
Les yeux, le nez, la peau, la langue…

Ah, j'y ai mis tant de cœur que j'en ai eu des frissons.

Stefan m'a écoutée pendant un moment en fixant la lune, puis il m'a interrompue et m'a lancé d'une voix pleine de mépris : "T'es trop profonde, Nilsson !"

Nilsson !

Mais revenons à Jonas. Comme je ne tire jamais de leçon de mes expériences – qui vivra verra – j'étais convaincue que le silence de Jonas cachait des trésors insoupçonnés. Je me suis mise à le guetter à la recréation, je me suis assise à côté de lui au déjeuner, j'ai essayé de l'aborder.

Il a rougi.

C'est là que je suis vraiment tombée amoureuse. Le rougissement laisse libre cours à toutes les interprétations. Même si le gars en question ne fait que chercher désespérément une issue de secours.

Mon délire a duré jusqu'à Noël. Madeleine a commencé à avoir de la concurrence pour ses retransmissions de l'ego du jour et ça ne lui a pas plu du tout. J'ai remarqué qu'elle regardait ailleurs quand je prenais la parole, mais je m'en fichais. Je voulais parler de Jonas.

Avec le recul, tout ça paraît irréel. J'ai l'impression d'avoir pris dix ans au cours de ces six derniers mois.

CHIMIE ET MAGIE

Le seul truc de l'année scolaire dont je me souviens après la mort de Pia c'est une remplaçante en chimie. Une petite nana timide en jupe plissée qui venait d'avoir son CAPES. Au début on n'a rien fait. Elle arrivait plus ou moins à se faire entendre avec sa faible voix d'oisillon. Mais elle semblait sérieusement croire qu'elle pouvait nous tourner le dos pendant un quart d'heure pour écrire des formules au tableau et qu'on se comporterait aussi sagement que quand elle nous regardait de face. Mauvais calcul de sa part.

Dès qu'elle commençait à écrire, on se mettait à discuter, à faire un petit somme, à se promener dans la salle de classe et à tuer le temps. Quelques-uns jouaient aux cartes, une fille tricotait, un autre lisait des bandes dessinées. On considérait ce cours comme une pause bien méritée dans le dur travail à l'école. La plupart des autres profs nous bombardaient sans la moindre pitié d'interros et d'atroces prédictions à propos de notre futur en tant que chômeurs quand ils trouvaient qu'on ne travaillait pas assez.

Là, plus on se détendait, plus elle nous tournait le dos. Elle avait sans doute peur du spectacle qui s'offrirait à elle. Quand une fois elle s'est retournée vers nous pour essayer de reprendre la barre, c'était déjà trop tard – sa petite voix n'avait aucune chance de percer le vacarme. On a vu que ses lèvres bougeaient, mais on n'a pas eu le sentiment que ça avait un rapport avec nous. Bien sûr qu'on savait très bien que ce serait mortel de rattraper tout ce qu'on était en train de rater en chimie. Et le bruit n'était pas personnellement dirigé contre elle. Mais dans un troupeau d'élèves, il règne les mêmes lois que dans une meute de loups : si le loup alpha tourne trop longtemps le dos aux autres, il est éliminé.

Elle a tenté toutes les astuces apprises au cours de sa formation pédagogique. Elle nous emmenait à des excursions, partait avec vingt-huit élèves et revenait avec cinq. Elle inventait des projets de travail en groupe qui se terminaient en batailles navales. Le principal venait à tout bout de champ dans la classe pour nous engueuler, le psychologue de l'école convoquait les organisateurs des batailles pour des entretiens lors desquels il essayait de leur faire comprendre qu'ils étaient des adultes. Mais tout ça ne changeait rien.

Un jour, elle est entrée dans la salle de classe et s'est plantée derrière son bureau sans dire un mot. Elle portait des lunettes de soleil noires, bien qu'on soit en hiver. Après dix minutes, pendant lesquelles elle n'avait pas bougé ni ouvert la bouche, le bruit dans la salle s'est peu à peu affaibli. Les derniers traînards sont entrés en trombe et ont pris place en criant d'une voix forte : “Hey, c'est quoi ce cirque ?”

Elle a levé la main droite.

De longues flammes blanches ont jailli du bout de ses doigts jusqu'au plafond.

Silence total.

Elle a tourné sa tête à gauche, puis à droite, mais ses lunettes nous empêchaient de voir qui elle regardait. Tout d'un coup elle a fait apparaître comme par enchantement une boule en argent, aussi grande qu'un ballon de football. Elle a lancé la boule au-dessus de nos têtes – on a tous tressailli – le machin a décrit un large cercle avant d'atterrir à nouveau dans sa main.

"Oh putain – oh putain – comment vous avez fait ?" a balbutié Nygren, le vainqueur de la bataille navale.

Au lieu de répondre, elle s'est lentement approchée de son banc, s'est arrêtée devant lui et l'a fixé à travers les verres sombres de ses lunettes de soleil.

"Putain, arrêtez de me mater comme ça, putain..." a-t-il bégayé d'une voix nerveuse. L'atmosphère était lourdement chargée.

Soudainement, elle s'est penchée en avant pour retirer une grenouille de la bouche de Nygren. Une grenouille vivante. Nygren a craché plusieurs fois par terre en s'ébrouant, écœuré.

La remplaçante est tranquillement retournée derrière son bureau.

"La prochaine fois, je vous montrerai comment on peut faire jaillir des flammes de ses mains, a-t-elle dit. C'est de la pure chimie. Je ne veux voir personne ici qui n'est pas intéressé. Je n'ai pas envie de gaspiller mon temps avec ces gens."

Elle était tout à fait sérieuse. Cela faisait longtemps qu'elle était arrivée au stade où elle se foutait de ce que pense le proviseur d'un prof qui refuse d'enseigner à des élèves désintéressés. Elle voulait que ses efforts aient un sens. Point barre.

A la leçon suivante et à toutes les autres, on est arrivés au grand complet, bien sûr. De temps en temps, elle faisait encore des tours de magie, mais pas trop souvent – du moins elle réussissait à nous faire comprendre que tout ce qui se passait à l'intérieur des éprouvettes était une sorte de magie et qu'on était capable de résoudre l'énigme si on s'efforçait de chercher assez longtemps. Des liquides qui changeaient tout d'un coup de couleur, qui se troublaient quand on les chauffait. Le papier de tournesol et le bec Bunsen étaient les baguettes magiques, la classification périodique des éléments un assemblage de formules magiques. Elle ne disait jamais un mot de trop et ne souriait pas non plus. On ne savait pas quoi penser d'elle. Elle ne nous a jamais dit où et comment elle avait appris à faire ses tours de magie. Quand on lui posait la question, elle gardait les lèvres pincées.

Mais on est tous devenus super forts en chimie.

Je n'avais jamais vécu un truc pareil. On se faisait une petite idée de ce à quoi ressemblait un cours entre un maître et un apprenti.

A part ça, je crois que tout était comme d'hab cette année-là.

JOUER AU JEU DE LA TRISTESSE

Une fois, chez grand-mère, j'ai lu un de ses bouquins pour filles. Il s'intitulait *Pollyanna* et parlait d'une fille qui ne voyait que le côté positif des choses. Elle appelait ça "jouer au jeu du bonheur". Quand elle s'est cassé la jambe, par exemple, elle était super contente, parce qu'elle ne s'était pas cassé le cou.

Je détestais cette mentalité. Grand-mère aussi, d'ailleurs. Le but de sa vie était d'en arriver au point où elle serait capable de mettre *Pollyanna* sans regrets aux toilettes pour l'utiliser comme PQ.

Avec moi, c'était exactement l'inverse. Disons que je rentre de l'école et je me mets devant la télé pour regarder une série. Mais à la place, ils montrent des enfants au Rwanda et en Bosnie. Maigres comme un clou, affaiblis, la peau tendue autour de leur crâne cadavérique et des mouches aux coins de leurs yeux.

Même si à ce moment le roi du loto en personne entrait dans le salon pour me dire que j'avais gagné un voyage au carnaval de Rio, je serais incapable de m'en réjouir. Je ne verrais que le côté obscur des choses.

Comment appeler ça ? Jouer au jeu de la tristesse ?

Je ne suis pas dupe, je ne crois pas au lieu commun “ils ne souffrent pas, ils ne connaissent que ça”. Il n’y a pas de doute, ils souffrent bordel de merde ! Ils souffrent plus que nous ne pouvons l’imaginer. Les ascites sont pires que les comédons, et les guerres civiles sont pires qu’un match de hockey perdu contre la Finlande. C’est comme ça.

Pourtant, ce qui est bizarre c’est que je semble être la seule à penser de cette manière. Du moins la seule qui trouve qu’on ne devrait pas accepter que de telles choses se produisent partout dans le monde.

Il faut quand même être complètement cinglé pour se fâcher parce que les petits de sept ans ne font plus de rinçages au fluor dans nos écoles alors qu’en même temps il y a des petits de sept ans qui sont formés pour devenir soldats dans d’autres régions du monde. Complètement cinglé.

Si j’en parle trop, ils m’enfermeront sans doute un jour dans un hôpital psychiatrique. Parce qu’apparemment un comportement aussi débile est devenu la norme.

Une fois, j’ai lu un article dans un journal du soir qui parlait d’un petit garçon à Saint-Petersbourg. Il avait huit ans et se débrouillait en vendant son petit corps sale et maigre aux pédés dans des toilettes pour hommes.

Knotte lui aussi avait huit ans à l’époque. J’avais envie de tuer quelqu’un.

J’ai pris le journal, je me suis précipitée dans l’atelier et je l’ai étalé devant Ingo.

Ingo ! Il avait toujours été là, mais mon intérêt pour lui était plutôt limité, sauf quand il s’agissait de le fâcher en le surnommant le Bovin. Le copain de maman, un confort moderne dans l'appartement, du même niveau que la machine à laver. Tout le monde en a besoin, mais ce n'est pas pour autant qu'on doit s'en occuper plus que ça.

Ingo s'est mis à chialer en lisant l'article. Avec son poing aussi énorme qu'un jambon de Noël, il a tapé plusieurs fois sur la photo, tandis que les larmes coulaient le long de sa barbe.

"Putain, je vais y aller ! a-t-il sangloté. Je vais téléphoner au journal pour savoir où je peux trouver ce garçon, merde ! Et puis j'y vais, bordel de merde, et je ramènerai le petit chez nous. Merde !"

Tout d'un coup je me suis rendu compte de ce que maman voyait en Ingo. Une forte émotion. Je me suis sentie femme, subitement, prête pour une conversation de femme à femme avec maman.

Dommage qu'elle ait choisi justement ce soir-là pour s'énerver parce qu'elle avait trouvé sa chemise blanche à dentelles dans un coin de mon placard, froissée et tachée de vin rouge. C'était raté pour la conversation entre femmes.

Mais en moi, quelque chose avait avancé d'un pouce et je voyais tout sous un jour nouveau.

Ingo n'est bien sûr pas allé à Saint-Petersbourg. Au lieu de ça, il s'est inscrit à l'association "Sauvez les enfants" pour devenir parrain, un engagement qui lui coûte cent cinquante couronnes par mois – et c'était ça le hic ! Avec quoi allait-il payer cette somme ?

Et nous voilà arrivés au sujet sensible dont on ne parle jamais dans ma famille. Je parie que c'était de ça qu'ils avaient débattu pendant deux semaines sur cette plage en Crète.

Ingo ne ramène pas d'argent à la maison. C'est à maman d'aller chasser la saucisse de viande quotidienne. Lui, il a toute liberté pour sculpter ses bouts de bois et suivre sa vocation.

Ingo est homme au foyer. Non pas qu'il considère les tâches domestiques comme son domaine, ah non. Si c'était le cas, tout irait pour le mieux. Pour lui, le fait de porter son assiette sale jusqu'à l'évier est déjà une performance extraordinaire. Par contre, Ingo ne se casse pas la tête sur la question de savoir comment elle disparaît de là-bas et comment elle réapparaît nettoyée et brillante devant lui sur la table.

J'ai profondément médité sur le truc avant de pousser la porte de l'atelier.

"Salut Linnea !" a dit Ingo sans se retourner. Il sait que ça ne peut être que moi qui ouvre la porte sans frapper.

"Ingo ! ai-je dit. Il est temps de gagner ta vie toi-même !"

Il a baissé son burin. Il a posé un regard pensif sur moi, puis sur la branche qu'il était en train de travailler. Je pouvais carrément voir les pensées glisser le long de ses circonvolutions cérébrales.

"Tu as raison !" a-t-il répondu. Il a laissé tomber ce qu'il avait entre les mains et s'est mis devant l'ordinateur de maman pour bricoler un CV pour l'ANPE.

Le CV est devenu assez long. Ingo a été un passionné d'informatique pendant dix ans avant de se transformer en esclave de l'idée de vivre de son art.

Deux semaines plus tard, il s'occupait d'ordinateurs dans une grande entreprise à la périphérie de la ville. Le visage de maman s'est illuminé. La ride profonde au-dessus de son nez n'était presque plus visible, même pas quand la lumière venait de côté.

Quand Ingo a reçu son premier salaire depuis des années, il a timidement frappé à ma porte. Le nid d'oiseau qui lui servait de barbe tremblait.

Il m'a montré un ordre de virement pour "Sauvez les enfants".

Pour la première fois, je lui ai volontairement donné un bisou.

UNE ÉPURATION PROFONDE

Je me rappelle qu'au moment où j'étais dans cette rue à Los Angeles en train d'attendre que les trois mecs me réduisent en bouillie, je me suis dit :

"C'est seulement parce que Malin m'a appelée à Noël pour me demander de venir chez elle avec une pelle que toute cette merde a commencé !"

Je crois vraiment que c'est ça la véritable raison. Jusque-là, l'automne et l'hiver s'étaient déroulés tout à fait normalement, mis à part le trou noir que Pia avait laissé derrière elle. Une amourette malheureuse, des journées d'école interminables, de la neige fondante, quelques crises de colère ici et là et des averses de grêle à la maison – le train-train habituel quoi. La plupart du temps je trouvais même que la vie était plutôt supportable. Seule dans la baignoire avec la dernière revue de la semaine et un sachet de Colorado. Des orgies de bavardages dans le sauna des filles et une nouvelle veste d'hiver super cool. Un matin ensoleillé avec du givre partout qui m'a heurtée de plein fouet au ventre – d'accord, la vie ! Tu m'as convaincue !

Je ne fais pas partie de ces gens qui disent "oui" à la vie sans façons. Je ne lui dis pas "non" non plus. Comme Pia.

Je pense que, le plus souvent, je dis plutôt "ah vraiment ?" à la vie. Je crois sans doute qu'il faut lui donner une chance.

Bon, peu importe. Revenons à Malin.

Le matin du réveillon de Noël, elle a téléphoné chez moi, juste au moment où grand-mère venait d'entrer en trombe dans notre appartement, les bras chargés d'un énorme tas de cadeaux de Noël emballés dans du papier doré et brillant et ornés de larges rubans flottants. Ingo était dans la cuisine, les oreilles toutes rouges, et grattait la croûte brûlée du jambon de Noël. La seule chose que maman lui avait demandée, c'était de faire griller le jambon de Noël, et il l'avait foiré. Au moins il avait assez de décence pour en avoir honte. Knotte sautait à travers l'appartement comme un ballon en caoutchouc. Grand-mère l'a emmené avec elle sur le balcon pour y fumer leurs cigares de Noël. C'est une vieille tradition entre eux. Celui de grand-mère est un vrai Havane, Knotte fume des cigares en chocolat qu'elle lui offre à chaque fois. Maman n'en est pas très fan. "Ce n'est pas bien de donner un mauvais exemple aux enfants !" marmonne-t-elle. "Je comprends très bien ton inquiétude ! réplique alors grand-mère gaiement. Un jour, Knotte finira sans doute vieille tante fumeuse !"

La voix de Malin avait l'air pressée et assez bizarre, j'ai tout de suite senti que quelque chose n'allait pas.

"Est-ce qu'on peut se voir cet après-midi ? Tu peux apporter une pelle ? a-t-elle demandé.

— A Noël ? Bof... Une pelle ? Qu'est-ce que tu veux fabriquer avec une pelle ?

— Ne pose pas de questions, s'il te plaît. Si tu peux venir, je serai devant le Konsum à trois heures. S'il te plaît !" m'a-t-elle suppliée en raccrochant.

Quand grand-mère et Knotte ont été confortablement installés devant la télé après le repas de Noël – grand-mère n'a encore jamais raté une seule émission des "Colibris dansants" – je me suis défilée. Maman et Ingo jouaient à se faire des cachotteries et rigolaient dans la chambre à coucher. Peut-être qu'ils s'occupaient des cadeaux de Noël, peut-être qu'ils s'occupaient l'un de l'autre : ils n'arrêtent pas de me surprendre, les vieux.

Je n'y serais jamais allée si ça n'avait pas été Malin et si elle n'avait pas eu l'air si stressée au téléphone. Avant de partir de la maison, j'ai vite ouvert le placard aux produits de nettoyage pour piquer la petite pelle de jardin que maman utilise pour dépoter les plantes, et je l'ai mise dans un sac plastique.

Malin m'attendait devant la porte d'entrée vitrée du Konsum. Elle inhalait avidement la fumée de sa cigarette. En la voyant, je me suis dit : qu'est-ce qui va se passer si sa langue touche son nez ? Va-t-elle rester collée à l'anneau ? Il faisait un froid de canard, moins douze. Sacrée Malin !

Elle a soigneusement écrasé son mégot sur le trottoir et m'a embrassée fermement. Puis elle m'a prise par le bras et m'a traînée derrière elle.

"Où on va, en fait ? Et quand est-ce que tu me diras enfin ce que tu mijotes ?" ai-je dit.

On était entourées de gens qui faisaient leurs courses de Noël à la dernière minute, le regard figé, croulant sous le poids de leurs sacs.

“On va à Storängen. Ça ne prendra qu’un quart d’heure, pas plus. Tu as apporté la pelle ?”

Storängen est un parc à l’abandon, ou disons plutôt un pré en friche perdu entre deux routes aux abords de la ville. A part des buissons, des fossés puants et des déchets qu’on n’aimerait pas examiner de plus près, il n’y a rien. Si, de la crotte de chiens.

“Malin ! Ne me dis pas que tu veux enterrer un truc là-bas ? Le sol est gelé, il nous faudrait un marteau-piqueur !

“Pas enterrer, a-t-elle marmonné. Déterrer.

— Je ne fais pas un pas de plus si tu ne me dis pas ce que tu veux déterrer ! Ça ne marchera jamais !” Elle avait suscité ma curiosité.

“Le genévrier ! a-t-elle dit. Aujourd’hui, on est jeudi, la lune croît et en plus c’est Noël, un des jours fériés les plus importants de l’année. Tu ne comprends donc pas ?”

Bien sûr que je ne comprenais rien du tout. Je commençais à me dire qu’elle avait complètement déraillé. Que faire dans pareille situation ?

On est arrivées à Storängen. Après avoir descendu une pente, on a atterri à côté de quelques maigres genévriers glacés. La neige avait fondu, mais le sol était encore gelé.

“Donne-moi la pelle !” a dit Malin. Elle ne portait pas de gants. Ses mains étaient bleu et rouge à cause du froid quand elle les a sorties des poches de son caban noir et moche dont les rubans étaient en lambeaux.

Je lui ai tendu la petite pelle de jardin sans dire un mot. Elle l’a regardée pensivement. Puis elle s’est attaquée au sol près du tronc d'un petit buisson. Bien évidemment, elle n'a pas réussi à creuser le moindre trou. J'ai reçu quelques grains de sable gelés dans la figure, c'était tout. Qu'aurais-je pu faire d'autre ?

"Malin, ma chère, ma douce, ma gentille Malin, dis-moi enfin ce que tu fabriques là !"

Elle a reniflé et s'est gratté le nez de sa main bleue. La traînée de morve sur sa joue s'était transformée en glace.

"Du genévrier ! a-t-elle lancé. On peut utiliser les baies, mais la magie est beaucoup plus forte dans les racines. Elle est purifiante et aide à lutter contre les vibrations négatives et les disputes. C'est exactement le bon moment pour les récolter. J'aimerais tellement... Maman et moi on est seules ce soir pour fêter Noël. Elle m'attend."

Mon cerveau tournait à plein régime. Je n'avais aucune idée de ce qu'elle était en train de faire, mais il était évident qu'elle voulait avoir un genévrier, coûte que coûte.

"Ils vendent des genévriers à la jardinerie ! ai-je proposé. Je t'en offre un pour Noël. Viens, Malin, donne-moi la pelle avant que tu ne blesses quelqu'un à l'œil !"

Main dans la main, on est retournées au centre. Je lui ai acheté un petit genévrier pour 19,90 couronnes. Puis on est allées au rayon épices du Konsum pour acheter un verre de baies de genièvre séchées. Malin n'a pas dit un seul mot pendant tout ce temps-là, elle semblait perdue dans ses pensées. Mais quand on s'est séparées devant le magasin, elle m'a serrée très fort et m'a embrassée sur le menton. Elle ne monte jamais plus haut.

"Je t'expliquerai plus tard. Viens donc chez moi à l'occasion !" a-t-elle dit. Nous nous sommes souhaité un joyeux Noël et chacune est repartie de son côté.

On a eu une belle soirée de Noël, du moins c'est le souvenir que j'en ai gardé. Grand-mère m'a offert un joli livre avec une couverture en cuir véritable et d'épaisses pages vides d'un blanc pâle. Et un stylo-plume de calligraphie avec trois cartouches d'encre noire, violette et brune.

Moi, je lui ai offert une boîte à musique dénichée sur un marché aux puces, une de ces boîtes en verre avec un clown à l'intérieur. Quand on la remontait, le clown se mettait à gigoter, accompagné d'une musique triste. Grand-mère a adoré.

De maman, j'ai eu des skis. Knotte m'a offert deux boucles d'oreilles en métal doré. Elles étaient d'une atrocité frappante, avec des pierres rouges et vertes. En plus, je n'avais pas de trous aux oreilles. Il rayonnait comme un petit soleil, quand je lui ai dit qu'avec ces boucles d'oreilles je serais au moins aussi jolie que la princesse Victoria. Knotte adore la princesse Victoria, il a même une photo d'elle dans son portefeuille. Que je le veuille ou non, j'allais devoir me faire percer les oreilles.

Ingo m'a filé une enveloppe dans laquelle se trouvait un ordre de virement. Sous mon nom, il avait viré trois cents couronnes à "Sauvez les enfants" afin de soutenir leur action pour les enfants des rues. Une idée très louable. Je l'ai pris dans mes bras pour le remercier. Il s'est raidi un peu et a tout de suite mis un bras sur l'épaule de ma mère. Il a passé le reste de la soirée accroché à elle comme à une bouée de sauvetage.

Parfois j'ai l'impression qu'Ingo croit que je le drague quand je m'approche un peu trop de lui. Peut-être qu'il se sent attiré par moi et ça l'irrite. Ou est-ce que j'ai vu trop de séries télé ? Je me la pète en tout cas un peu pour ça. Chaque fois que ça se produit, je suis super sympa avec maman. Ce n'est qu'un léger remous superficiel, pas un véritable danger.

On vivait encore une vraie idylle. Une idylle.

AURAS ET BOUGIES POUR SAPINS DE NOËL

Après les vacances de Noël, j'ai d'abord cherché Malin pour savoir ce qu'elle avait fait. On est allées à la cafèt, toutes les deux pauvres comme Job, et on s'est offert un verre de jus avec nos dernières piécettes.

Malin a regardé autour d'elle puis a tiré son pull plus bas et m'a fait signe d'approcher. Au-dessus de son sein gauche elle avait un nouveau tatouage. La peau était encore rouge et enflammée. Une rose traversée par un poignard. C'était un cadeau de Noël de sa mère. "Au-dessus du cœur ! a-t-elle déclaré fièrement. Le couteau symbolise la protection."

Bizarre, cette mère ! La mienne avait fait tout un cirque, quand je lui avais dit que je comptais me faire percer les oreilles. "Les allergies au nickel ! a-t-elle hurlé. Les aiguilles sales et ne parlons pas du risque d'infection !" Il ne manquait plus qu'elle me traite de camée. Parfois elle est vraiment en retard sur son temps ! Elle, bien sûr, n'a pas plus de trous dans le corps aujourd'hui qu'à sa naissance.

Mais quand elle a remarqué la lèvre inférieure tremblante de Knotte, elle s'est précipitée sur le téléphone pour prendre rendez-vous dans un magasin où ils demandent un prix exorbitant pour te percer les oreilles. Après ça à la maison j'étais aussi jolie que Victoria. Je mettais les boucles d'oreilles de Knotte dans l'ascenseur.

"Alors, il avait un pouvoir magique, ce genévrier ?" ai-je demandé à Malin.

Elle a eu un sourire gêné. "Tu sais, maman et moi, on a parfois du mal à s'entendre, a-t-elle marmonné. Je voulais utiliser le genévrier pour rétablir une harmonie entre nous. Du moins pour les fêtes de Noël."

J'ai pris une profonde inspiration. "Les mères sont faites pour qu'on puisse aiguiser nos griffes ! Elles arrivent à supporter ça ! Crois-tu vraiment que les plantes ont un impact sur ces trucs-là ?"

Elle avait l'air abattue. Elle aurait aimé penser comme moi, toujours. "Mais ma mère... Lorsqu'elle est triste, elle boit trop de vin. Et moi, je dois à chaque fois nettoyer derrière elle", a-t-elle expliqué brièvement. Je me suis tue sur-le-champ. On sait si peu de chose des autres.

"Est-ce que tu as envie de passer chez moi cet après-midi ? J'aimerais te montrer un truc !" a-t-elle dit.

J'espérais de tout mon cœur qu'elle ne parlait pas de sa mère allongée dans une flaque indéfinissable. J'y suis allée, en tout cas.

Malin habite avec sa mère dans un deux pièces en banlieue. Un quartier affreusement triste. La seule chose qui se distingue du gris général ce sont les tags géants.

L'appartement sentait bizarre. Ce n'était pas l'odeur du haschisch, mais un truc dans le genre. Les meubles semblaient avoir été récupérés aux encombrants, mais tout était très bien rangé et nettoyé. Il y avait un énorme canapé dans le salon. La mère y dormait la nuit. Elle n'était pas là, quand on est arrivées. La deuxième pièce était la chambre de Malin.

Elle n'était pas si différente de la mienne – un peu mieux rangée peut-être. Et les affiches sur les murs n'étaient pas les mêmes.

“C'est quoi ça ? ai-je demandé en montrant du doigt une photo avec plein de gens qui avaient l'air de porter des bonnets bariolés. Qu'est-ce qu'ils ont sur la tête ?

— Ce sont leurs auras ! a répondu Malin. Je parierais que ton aura est orange. Une belle couleur !”

J'ai secoué la tête. Je me fiche des auras. Sur un autre mur, un poster exposait l'image d'un homme réparti en différentes zones à côté d'un tas de chiffres et de flèches. Je me suis tournée dans cette direction.

“Les chakras dans l'homme, m'a précisé Malin. Les centres de force. Je ne m'y connais pas trop, c'est la spécialité de maman. Enlève tes chaussures.

— Mes chaussures ? Pourquoi ?

— Je veux te montrer pourquoi je t'ai demandé de venir !”

J'ai enlevé mes chaussures, pendant qu'elle ouvrait la porte d'un dressing. Il faisait nuit noire à l'intérieur. Elle s'est inclinée avant de s'agenouiller. Elle a saisi une boîte d'allumettes. J'ai jeté un regard curieux par-dessus son épaule en me glissant dans le dressing.

Il n'y avait ni vêtements, ni chaussures, ni cartons. Juste une sorte d'autel qui m'allait jusqu'aux genoux. Il était recouvert d'une nappe blanche tricotée, une étoile de Noël servait de décor. Malin a allumé une petite bougie blanche pour sapins de Noël et un machin en forme de quille. A en juger d'après l'odeur, il devait s'agir d'un parfum à brûler.

A côté de l'autel se trouvaient des pierres, des coquillages et un petit sachet en tissu vert orné de rubans rouges.

"Mon amulette ! a chuchoté Malin. Chut ! Il faut d'abord que j'aille chercher de l'eau !"

Elle a disparu. Peu après, elle est revenue, un bol en verre à moitié rempli d'eau dans la main. Elle s'est à nouveau agenouillée devant l'autel, a plongé ses doigts dans l'eau puis a pris ma main en marmonnant un vers. Je ne captais que les mots "amie", "rayonnante" et "mère".

J'avais des démangeaisons dans tout le corps. Je me rendais compte que Malin était *new-age*, elle avait apparemment hérité ça de sa mère. Ces trucs me donnent envie de gerber, d'habitude je me moque sans pitié de tout ce qui touche à ce domaine. Mais là, on parlait de Malin. Je ne pouvais quand même pas décevoir ma Malin.

Finalement, elle semblait avoir terminé. Elle s'est inclinée trois fois, puis on s'est relevées pour nous glisser à reculons en dehors du dressing. Elle a refermé la porte et m'a jeté un regard brillant.

“Tu veux voir mon amulette ?” a-t-elle demandé. J’ai hoché la tête sans rien dire. Elle est devenue carrément intarissable. “Une amulette est composée d’objets qui ont une valeur personnelle et portent en eux des pensées et des souvenirs positifs ! a-t-elle dit comme un prof devant une classe. On les coud dans un sachet, le rouge et le vert renforcent l’effet. Je garde la mienne toujours dans mon soutien-gorge pour qu’elle me protège.”

Combien lui faut-il de protections à cette pauvre fille ? me suis-je demandé en pensant à son tatouage. Et contre quoi ?

Malin a ouvert le petit sachet, un sourire heureux et mystérieux aux lèvres. Elle a fait tomber son contenu sur un mouchoir blanc qu’elle avait étalé sur son bureau. Il y avait des fleurs séchées, une plume, un bouton en nacre et un mince anneau en argent.

Et une photo de moi à l’école.

UNE VIPÈRE BLANCHE ET DES LIQUIDES CORPORELS

Après la visite chez Malin je suis rentrée à la maison. Deux forces diamétralement opposées luttaient si ardemment en moi que j'en avais le vertige.

D'un côté, j'aurais aimé raconter l'anecdote des sanctuaires dans le dressing pour faire rire maman, grand-mère et Ingo. D'un autre côté, j'avais toujours le visage sérieux de Malin devant les yeux, au moment où elle tenait prudemment le bol rempli d'eau claire.

"L'eau nous donne chaque jour la vie, dans l'eau s'unissent la pluie, le brouillard et les sources souterraines", avait-elle dit d'un ton à la fois fier et un peu timide.

De l'eau du robinet javellisée dans un bol Duralex, avait dit une voix ricanante en moi. Sortie tout droit d'un château d'eau. Qui est probablement passée par toutes les toilettes de la ville et ensuite par la station d'épuration. La boue putride filtrée n'atterrira jamais sur un autel.

Bien sûr cette dernière voix en moi a pris le dessus. Au dîner, j'ai décrit l'agenouillement dans le dressing, l'étoile de Noël, la bougie de sapin et les couronnes luisantes. Maman a ri de bon cœur, mais grand-mère m'a jeté un regard désapprobateur.

"Dis-moi, Linnea, tu es une scientifique, n'est-ce pas ?" a-t-elle demandé.

Voilà une question inhabituellement débile posée à quelqu'un qui a choisi la section S au lycée. Je suis restée sur mes gardes en attendant la suite.

"Vous avez sans doute fait une excursion à la station d'épuration de la ville, non ? C'est vrai ce que tu dis de l'eau. Mais Malin aussi a raison. Toute l'eau sur Terre a été pluie, brouillard ou nuage. Ce ne sont que deux points de vue différents ! a déclaré grand-mère. Fais attention à ne pas devenir à moitié aveugle !

— Mais l'autel ! Et le genévrier au réveillon ! ai-je répondu d'une petite voix grêle.

— Es-tu vraiment sûre que les herbes n'ont pas d'impact sur l'état d'âme ? Ou le recueillement et la méditation ? Je pose juste la question. Je ne suis moi-même pas une sorcière !" a dit grand-mère.

Confuse, je ne savais plus quoi dire. C'est là que maman a pris la parole en parlant politique, un truc qu'elle adore. Ça me rend dingue, moi.

"Fais gaffe à ce que tu dis, maman ! a donc lancé ma mère à ma grand-mère. Aujourd'hui, il y a carrément tout un business autour de l'ésotérisme, la religion, les voyages souterrains, les thérapies aux cristaux et le chamanisme ! C'est "l'opium du peuple" de cette décennie ! Pour tous ceux qui sont enfermés dans leur petite vie, qui n'ont pas de travail et qui ont du mal à boucler leurs fins de mois, tous ceux dont on se fiche sauf quand c'est les élections ! C'est clair que ces trucs-là les tentent. Ça leur donne un sentiment de pouvoir et leur suggère qu'ils peuvent changer les choses avec leurs cérémonies ! Qu'ils peuvent se soigner eux-mêmes avec des cristaux quand ils n'ont pas les moyens de s'offrir une visite chez le médecin ! Malin et sa mère semblent faire partie de cette catégorie-là. C'est typique. Ce sont surtout les femmes qui tombent dans le piège, bien sûr. Les plus démunies de tous."

J'ai abandonné mon poste d'observatrice pour me mêler à la dispute. Malin était quand même ma copine, il fallait que je la défende.

"Ça veut dire quoi "les femmes sont démunies" ! Et que font les garçons quand ils jouent à leurs jeux vidéo pour contrôler tout l'univers avec des robots équipés d'armes nucléaires ? Mes camarades de classe boutonneux qui ne maîtrisent même pas leurs minables mobylettes ! C'est mieux peut-être ? Je préfère mille fois l'eau de source aux robots assassins !" ai-je hurlé, terminant ainsi la discussion en semant une confusion totale.

Grand-mère a souri.

Et voilà le terrain préparé.

Je passais de plus en plus de temps chez Malin. Elle me montrait ses trésors et parlait de ses rituels. La moitié du temps, je me mordais la lèvre inférieure pour ne pas éclater de rire.

Si sa mère et elle ne savaient pas comment payer le loyer, par exemple, Malin disait : "Il faut trouver une vipère blanche, la ramener à la maison en la portant dans ses mains nues et en faire une soupe

– ensuite on est capable de voir l'avenir. Je n'aurai plus qu'à jouer au loto !"

Une vipère blanche ! Ben, bonne chance !

Puis elle a raconté qu'elle avait lu que le mantra "hum hum" et les liquides corporels protégeaient contre les ennemis. Malin considérait son prof de maths comme un ennemi. Le jour où elle s'est faufilée derrière lui en fredonnant "hum hum" pour lui cracher dans le dos, c'en était trop pour moi. J'ai ri aux larmes. D'abord, elle a eu l'air assez blessée. Mais elle a fini par rigoler, elle aussi. "Il a eu de la chance que tu ne lui aies pas pissé sur les chaussures !" ai-je dit et on a ri encore plus fort.

Parfois j'étais, malgré moi, passionnée par les choses qu'elle racontait. Ses formules étaient si poétiques.

"Si la peur envahit ton ventre, applique de l'ambre jaune sur le nombril."

"Dans les cas graves de possession, prépare une tisane de millepertuis, de jasmin et de valériane et bois-la dans un bol en laiton."

"Ecris une question sur un morceau de papier de soie jaune que tu mettras dans une capsule de pavot mûre. Puis dors avec cette capsule sous ton oreiller et tu trouveras la réponse à ta question."

C'était plutôt de la poésie que de simples conseils – des capsules de pavot mûres, il n'y en avait pas des tas en février. Et ne parlons pas de la valériane – je ne la reconnaîtrais pas même si elle me mordait le cul.

Elle m'a aussi appris à implorer l'aide du vent. On prend la branche d'un sorbier, on monte sur une colline et on invoque la mère des vents : "Vent du nord, vent de la sagesse, enlève le vent devant mes yeux !"

Quand j'ai des problèmes, je préfère vraiment faire ça plutôt qu'attendre deux semaines pour avoir un rendez-vous chez le psychologue scolaire, qui me demande juste comment je me sens.

Peu à peu, je comprenais ce que grand-mère avait voulu dire. Les rituels de Malin avaient un effet calmant et libérateur. Il n'était pas nécessaire d'y "croire", pas plus que de "croire" aux pompes ou aux abdos. Ils me faisaient du bien, tout simplement.

En ce qui concernait Malin, je n'en étais pas si sûre. Elle y croyait d'une autre manière que moi. Toute sa vie tournait autour de la magie. Elle portait toujours des ciseaux sur elle, pour la "protéger" – vous vous rappelez qu'elle a plus ou moins peur de tout. Une fois, croyant avoir perdu son amulette, elle était presque morte de trouille, elle chialait et jetait des regards inquiets autour d'elle. Elle a fait des trucs complètement absurdes : elle a entre autres fait des biscuits en y mêlant une goutte de son sang menstruel, parce qu'elle voulait envoûter un garçon dont elle était tombée amoureuse – ça m'a donné la nausée. J'étais une femme libérée, oui, mais pas à ce point. Elle cachait un couteau dans les plates-bandes à côté de la porte d'entrée de leur immeuble, et les soirs de pleine lune, elle était toujours en route pour une cérémonie de sorcellerie, surtout si ça tombait un jeudi.

Le pire c'était que sa superstition semblait devenir de plus en plus extrême. Elle ne parlait plus que de ça.

Etait-ce parce que j'avais montré de l'intérêt ? Je me demandais tout le temps si je ne devais pas plutôt la convaincre d'oublier ces idées stupides. Mais comment le faire sans la blesser ? Je marchais sur des œufs.

Mes ongles étaient rongés jusqu'à la racine, tellement je m'étais cassé la tête sur cette question.

Elle m'a conseillé d'enduire mes ongles d'une crème qui puait le buffle mort, tandis qu'elle faisait cliqueter des cymbales indiennes.

VÉGÉTALIENS EN DÉROUTE

En fait, Malin ne m'a jamais fait peur, même pas quand elle se mettait à méditer et à mener des discussions mystiques avec ses déesses. Sa mère par contre me fichait les boules.

La mère de Malin était au chômage. Maigre, rousse et grande fumeuse. Je savais qu'elle avait un sérieux penchant pour la bouteille, même si je ne l'avais jamais vue boire. Il lui arrivait de nous engueuler Malin et moi parce qu'on buvait du café à la cafèt et qu'on mangeait les biscuits secs de l'automate – les tisanes et les gâteaux de riz étaient bien meilleurs pour la santé ! Et pour elle, la viande n'était rien d'autre que des animaux morts – je n'aurais jamais osé raconter que j'adorais m'envoyer un hamburger de temps en temps. Malin aussi était végétarienne, mais ça ne posait pas de problème. En sa présence, je n'avais pas envie de steaks saignants. Lorsqu'on avait faim, on mangeait des tartines de confiture ou des bananes. Du moins jusqu'au moment où Malin a découvert que le sucre blanc était nuisible.

Je comprends tout à fait qu'on puisse se passer de viande – la moitié de mes camarades de classe n'en mange pas. J'ai depuis longtemps arrêté de me disputer avec eux à cause de ça. Quand j'étais plus jeune, ils m'avaient agacée avec leurs brochures sur les lapins torturés aux électrochocs. Bien sûr, je suis contre la maltraitance des lapins, aucun homme normal n'est pour – mais il suffisait de gratter un peu la surface de leur amour envers les animaux pour qu'ils commencent à se contredire.

A l'égard de quels animaux faut-il éprouver de la pitié ? Juste pour les mignons à poil ou à plumes – ou alors tous, y compris les cafards et les acariens ? Après avoir choisi l'animal qui convient, quelle est la suite ? Faut-il réclamer la protection des termites qui détruisent les maisons, ou des rats qui attaquent les petits enfants dans les bidonvilles des grandes villes ? Et que faire des animaux qui mangent d'autres animaux ? Si les animaux peuvent manger d'autres animaux, pourquoi l'homme en serait-il privé ?

Les végétariens m'évitaient et c'était justifié. J'avais toujours quelques répliques salées en stock pour tous ceux qui avaient plus de pitié pour les lapins que pour les enfants des rues. Si seulement ils avaient pu les défendre avec la même ferveur ! Certains vivaient comme des animaux.

Leur manière de penser si lâche m'exaspérait.

Au bout d'un moment pourtant, je me suis rendu compte que ceux avec lesquels je m'entendais le mieux dans la classe étaient les végétariens et les végétaliens. Eux au moins, se souciaient de quelque chose, et à leur manière ils avaient sans doute de bonnes intentions. Les bouffeurs de viande ne réfléchissaient en règle générale jamais à ce qu'ils faisaient, ils mangeaient de la viande par habitude et parce qu'ils aimaient bien ça. Tout comme moi.

La mère de Malin était plus initiée au monde de l'occultisme que sa fille, mais pas aussi initiée qu'elle aurait aimé l'être. Elle n'en avait pas les moyens. Souvent, elle parlait avec regret de séminaires de Reiki – healing et thérapie de réincarnation – mais comme elle ne pouvait même pas s'offrir d'abonnement à un journal, il n'en était pas question. Malin m'a raconté que sa mère se faisait des lavements d'intestin – ça paraît tellement atroce que je n'ai pas demandé de plus amples renseignements – et qu'elle n'envoyait jamais de candidature pour un poste sans avoir consulté son pendule. Une fois, elle a failli participer à un séminaire de trois jours sur la respiration holotropique et les cabanes de transpiration indiennes (qu'est-ce que c'est ?), mais elle a perdu une couronne et hop ! ses économies se sont envolées. La plupart du temps elle essaie de se soigner elle-même, mais elle n'osait jamais toucher à ses dents.

Pour Noël, Malin lui avait offert une cassette de "messages subliminaux" qu'on entendait souvent à travers le mur quand on était dans la chambre de Malin. Il ne fallait en aucun cas la déranger dans de tels moments. Sinon, elle venait de temps en temps s'asseoir à côté de nous, les yeux brillants (ça ne m'aurait pas étonnée qu'elle ait bu un verre de trop). Elle nous submergeait alors de paroles confuses, comme quoi on était "des fleurs sauvages et pas des plantes à pot". Je me mordais la langue en me demandant si elle nous prenait pour des tulipes en promo... Pour l'amour de Malin je faisais comme si je l'écoutais attentivement.

On pourrait dire que je n'avais pas vraiment confiance dans les messages de la mère de Malin.

Et malgré tout, elle m'a plus troublée que le prêtre pendant toute la durée d'une retraite de préparation à la confirmation, même s'il avait une attitude pour le moins moderne et démocrate envers les jeunes.

C'est depuis le jour où elle m'a tiré les cartes.

Voilà qui n'a rien d'extraordinaire, me direz-vous. Quelle fille n'a pas déjà tiré les cartes pour quelqu'un ? Pour elle-même, pour des copines, pour sa maison, pour sa famille, pour le destin et la chance... (et un homme sombre t'observe).

La mère de Malin n'a rien dit de ce genre. Maussade, elle a mélangé les cartes et m'a demandé en grognant d'en tirer une. D'abord, elle a listé les trucs habituels qui marchent pour tout le monde. "Tu-as-le-sentiment-d'être-souvent-mal-comprise, tu-dois-apprendre-à-déployer-toutes-tes-capacités, je-vois-des-monts-et-des-vallées-sur-ton-chemin." Mais quand elle a retourné une autre carte, elle s'est tue. Puis elle a dit d'une voix transformée : "Elle est toujours là, près de toi ! Elle, la pendue !"

J'ai été comme paralysée. Tout d'un coup, j'ai eu froid dans le dos. Elle parlait de Pia, aucun doute possible ! Quelle connasse, elle connaissait bien sûr ce que tout le monde savait et croyait pouvoir me convaincre avec ses rituels ridicules.

Elle a encore retourné une carte et a ajouté : “Elle dit : “N’aie pas peur ! D’une manière ou d’une autre, tu redescendras !””

Je me suis levée d’un bond en heurtant la table. Les cartes se sont envolées à travers la pièce. Puis je me suis précipitée dans le couloir, j’ai décroché ma veste et j’ai dévalé l’escalier.

Encore sous le choc, je me suis jetée sur mon vélo. Je ne me rappelle plus comment je suis rentrée à la maison.

Cette blague entre Pia et moi, la mère de Malin ne pouvait pas la connaître. J’avais raconté à Pia que j’avais une peur bleue de monter dans un avion. Elle avait tiré une moue dédaigneuse et lancé : “Pourquoi ? D’une manière ou autre, tu redescendras toujours !”

Comment la mère de Malin aurait-elle pu le savoir ?

UN TAS D'ARGENT
ET DES VÉRITÉS ÉTERNELLES

J'ai revissé le couvercle. Je n'avais pas envie de me fatiguer les méninges en pensant à Pia, juste parce que quelqu'un voulait m'y pousser. Si les cartes de tarot m'adressaient un message particulier, je ne le comprenais en tout cas pas encore. Le temps serait mon conseiller.

Par la suite, les événements se sont bousculés. Je me rendais de plus en plus compte que j'avais perdu le contrôle. Ou disons plutôt : que j'avais encore moins le contrôle que d'habitude.

Tout d'abord, en mars, grand-mère a disparu. Mais pas sans laisser de traces. Elle a téléphoné chez nous, a parlé de tout et de rien, et puis, au milieu d'une phrase elle a mentionné en passant qu'elle projetait de faire un voyage et qu'elle ne comptait pas être de retour avant six mois. Ensuite, elle m'a priée de passer chez elle à l'occasion.

J'ai pris le bus jusqu'à sa petite maison délabrée à la périphérie de la ville, une de ces maisons individuelles des années trente, peinte en jaune avec des poutres brunes aux coins et deux vérandas placées à l'entrée sans raison apparente, pointant dans deux directions différentes comme des passerelles de commandement. Grand-mère trouve ça super. Elle peut se bronzer à toute heure de la journée, ce qu'elle ne manque pas de faire d'ailleurs.

Il pleuvait ce jour-là. Grand-mère était à la cuisine en train de s'empiffrer de biscuits au chocolat.

“Désolée, Linnea, j'ai mangé le tien sans faire exprès. J'adore les biscuits au chocolat”, a-t-elle dit.

Je n'aurais même pas pu manger la moitié d'un biscuit sans avoir l'idée fixe de faire un jogging. Ce n'est pas évident de nos jours. Mais grand-mère, qui n'est pas tout à fait maigre comme un clou, ne se laisse pas perturber par de telles mondanités.

“Bon, voilà, a-t-elle commencé. J'ai deux nouvelles pour toi. Numéro un : je vais partir en voyage avec un bon ami philatéliste. Toute sa vie, il a rêvé de visiter au moins quelques-uns des endroits imprimés sur ses timbres du monde entier. Aujourd'hui, il est à la retraite. Il veut vendre sa maison, ce qui nous fera un bon capital pour le voyage.

— Et… et où est-ce qu'il va habiter quand vous rentrerez ?” C'était la seule chose qui me soit venue à l'esprit.

“Ici, je pense. Je me demande si je ne vais pas me marier avec lui. Ne crois-tu pas qu'il serait temps pour moi d'épouser quelqu'un ? Il faut avoir tout fait au moins une fois dans la vie ! a-t-elle dit en m'observant de ses yeux cachés derrière sa frange grise. Mais je n'ai pas encore pris de décision. En tout cas, il va vendre. Il veut tenter sa chance, dit-il, et c'est son bon droit.” Elle a souri, gaie comme un chiot devant une nouvelle chaussure à déchiqueter.

“Si jamais on se tape sur les nerfs, on a deux vérandas”, a-t-elle ajouté.

Je ne l’ai jamais entendue parler d’une amitié avec un monsieur en retraite qui collectionnait des timbres. Certes, elle a beaucoup d’amis, dont certains sont hauts en couleur. Mais ce n’est pas ça : grand-mère adore tout simplement lancer les grandes nouvelles sans prévenir, comme ça en passant. Je ne pense pas qu’elle le fasse parce qu’elle croit que quelqu’un pourrait l’empêcher de réaliser ses projets. L’idée que quelqu’un pourrait essayer une telle manœuvre ne l’effleure même pas. Grand-mère a soixante-sept ans et n’a jamais été mariée. C’est pourquoi on ne sait malheureusement pas exactement qui était mon grand-père. Grand-mère non plus, si j’ai bien compris.

“Avant de partir, a-t-elle poursuivi, j’aimerais faire un deal avec toi. J’ai quelques économies, tu sais ? Il y a quelques années, j’ai vendu la moitié du terrain. Tu l’ignorais, hein ? J’ai l’intention d’ouvrir un compte à ton nom et de t’y verser quinze mille couronnes.

— Quin… Quinze mille ? ai-je bégayé. Un deal ?”

Elle a ri. “Je vois à ton nez que tu penses devoir faire quelque chose pour moi en retour, ou du moins me promettre de l’utiliser pour une bonne cause. Rien de tout ça. Cette fois-ci je serai partie pendant un bon moment et je ne serai pas toujours là pour t’aider si tu es dans une mauvaise passe. Ta mère et Ingo ne veulent que le meilleur pour toi, mais ils sont tellement sérieux. Tout doit être correct et bien. Tu voudras peut-être faire quelque chose dont tu ne pourras pas les convaincre. Quelque chose qui coûte de l'argent. Et c'est pourquoi je veux te donner un petit bout de liberté – il te faut du capital pour pouvoir choisir. Ça ne suffira pas pour de grands exploits. Pour seule condition j'exige que tu ne le dépenses pas à petit feu, de sorte que tu ne saches pas à la fin où l'argent est passé. Utilise-le pour quelque chose de réel. Mais sur ce point-là je ne me fais pas de souci.

— Tu parles comme si tu n'allais jamais revenir ! Est-ce que tu t'inquiètes pour le voyage ? Je suis sûre que tout se passera très bien !"

Grand-mère a démarré au quart de tour.

"Sûre ? Quoi sûre ? Tu veux me priver de ma fièvre du départ ou quoi ? Je me dis sans cesse que c'est peut-être la dernière chose que je fais dans ma vie. Tout peut arriver ! C'est justement ça qui rend ce voyage si excitant ! On ne va pas prendre un bus pour aller aux Pays-Bas et admirer les oignons de tulipes avec d'autres retraités ! Mets-toi bien ça dans la tête !"

J'ai spontanément décidé de jouer le jeu.

"Ben, grand-mère, si c'est la dernière fois qu'on se voit, tu pourrais au moins saisir l'occasion pour me donner quelques conseils qui me serviront dans la vie. C'est quoi tes *famous last words* ?"

Grand-mère s'est immédiatement calmée. Elle adore répandre des conseils sages et des vérités éternelles. Elle a réfléchi pendant un moment.

"Une chose que la vie m'a apprise, a-t-elle dit, c'est qu'il n'y a pas de chasseurs de talents !

— Pas de quoi ?

— Des chasseurs de talents ! Quand j'étais jeune, la rumeur courait qu'Hollywood envoyait des chasseurs de talents un peu partout dans le monde pour dénicher de jeunes talents avec du potentiel, qu'ils pourraient transformer en stars d'un jour à l'autre. Il me semble que les gens y croient toujours, du moins les jeunes. Ils pensent qu'un jour ils seront découverts par un organisateur de castings qui fait quelques enregistrements de leur voix, qui les forme et les habille, et les voilà connus. Des stars. Il y a encore des gens qui croient qu'il suffit d'attendre patiemment jusqu'à ce qu'un chasseur de talents sonne à leur porte, un contrat en or dans la main, et qu'il leur dise : "C'est exactement ce qu'il te faut, tu es celui qu'on a toujours cherché !" Mais ça ne marche pas comme ça. Chacun est son propre chasseur de talents.

— Ah, oui !" ai-je dit en me sentant coupable. J'avoue avoir eu ce genre de réflexion. "Et sinon ?

— Mmm… A l'époque, je connaissais un vieux. Un jour, il est allé dans la forêt pour cueillir des myrtilles. Trois jours plus tard, il n'était toujours pas rentré. Les gens ont organisé une battue. Quand ils l'ont trouvé, il était presque mort de froid, mais heureux. Pour lui, ç'avait été une aventure extraordinaire. "Même quand on se perd, on arrive quelque part !" a-t-il dit. Parfois, ça me fait du bien de me rappeler cette phrase. Parce que, pour ce qui est de se perdre, ça m'est arrivé pas mal de fois."

Ah, grand-mère ! Fais attention à toi ! Ne te perds pas trop ! Ne te fracture pas le col du fémur dans les Escaliers espagnols ou l'Himalaya ! A propos, j'aurais aussi une condition pour toi : je veux voir ton petit ami avant que tu partes !

Maman était du même avis. Le soir, je l'entendais exhorter grand-mère d'une voix nerveuse, comme quoi "le mariage est un pas important dans la vie", etc.

L'argent – quinze mille couronnes, pour moi une somme vertigineuse – restait mon secret. Je n'en ai pas parlé à maman. L'histoire me paraissait si irréelle. J'ai décidé de le mettre sur un compte avec carte Visa, de cette manière j'avais l'impression de pouvoir l'employer à tout moment, même si en vérité je n'y touchais pas.

Est-ce que l'argent a été la source de tout mon mal ? Oui, c'est vraiment la question que je me pose avec le recul. Maintenant, je n'ai plus un centime. Qu'est-ce que j'ai eu en retour ? Peut-être pas tout à fait ce que tu t'étais imaginé, grand-mère !

GENDARMES ET VOLEURS

Les sous de grand-mère m'ont rassurée. Je n'y ai pas touché dans un premier temps, mais cela m'a donné l'impression d'avoir plus d'argent de poche que d'habitude. Parfois, devant la vitrine d'un magasin, l'envie de m'acheter une paire de jolies bottes noires me démangeait – et puis je me rendais compte que je pourrais les acheter si je voulais. A condition d'entamer mes économies. Et étant donné que je n'étais pas prête à le faire, j'avais beaucoup moins de mal à m'arracher de la vitrine.

L'argent de grand-mère me permettait aussi de me libérer d'une mauvaise habitude. Je n'en avais encore jamais parlé à personne, j'avais tellement honte.

Il m'arrivait de piquer dans les magasins.

Vous trouvez peut-être que ça n'a rien d'extraordinaire, tous les jeunes le font depuis qu'il n'y a presque plus de magasins où le vendeur aux yeux de faucon se tient debout derrière sa caisse avec un stylo derrière les oreilles. Maman m'a raconté que, quand elle était petite, on appelait ça "acheter pour cinq öre". (Elle aurait complètement pété les plombs si elle avait appris que j'avais cette manie.)

Je n'ai eu aucune peine à me convaincre que c'était la faute des propriétaires des magasins. Ils étalaient leur marchandise d'une manière si appétissante pour inciter les clients à des achats spontanés. En plus, c'est l'assurance qui rembourse…

Je suis une voleuse spontanée, et super nulle pardessus le marché. Mon premier vol visait une laque chère qui me tentait depuis longtemps mais que je n'avais jamais pu m'offrir. Bien visé, le coup, pourtant, est parti à côté. Dans ma nervosité, je m'étais servie au mauvais endroit sur l'étagère, alors que je jetais des regards paniqués autour de moi, les yeux écarquillés. Je suis rentrée à la maison avec une bouteille de produit anti-moustique. En novembre. Et je ne l'ai remarqué qu'après m'en être vaporisé un beau chignon. (Cette fête-là a eu lieu sans moi.)

J'ai piqué des chaussettes beaucoup trop grandes. Il fallait que je fasse un nœud devant pour les mettre. Suite logique : j'ai attrapé d'énormes ampoules.

J'ai fauché un parfum à l'odeur si tenace que mes camarades de classe se sont plaints d'être victimes d'une attaque chimique. Quand j'ai glissé un recueil de poèmes dans mon sac d'école à la librairie, celui-ci s'est avéré être un livre sur la salaison du poisson. Le seul truc utile que j'ai réussi à voler était une boîte de biscuits au chocolat.

Je comprends tout à fait qu'il ne faut pas toujours rejeter la faute sur les autres. Mais je peux quand même raconter que celle qui m'a donné le dernier coup de pouce pour que je passe vraiment à l'acte était une fille absolument insoupçonnable : Madeleine. On ne s'attendait tout simplement pas à ce que ce soit elle, avec ce délire de persécution la portant à croire que tous les yeux étaient rivés sur elle, qui oserait glisser sa main le long des rayons et empocher exactement ce qu'elle voulait à la vitesse de l'éclair et avec une précision extrême. Je pense que ça lui procurait des poussées d'adrénaline. Ainsi, elle se sentait rusée, supérieure et peut-être aussi un peu invisible. Voilà une belle transformation. Elle volait principalement des produits de maquillage ou des vêtements de petite taille sur le présentoir, parfois même, pour des raisons qui m'échappent, des livres. Madeleine n'a jamais lu un livre de plein gré, c'est pourquoi je pense qu'elle devait avoir autre chose en tête.

Madeleine insistait pour que je l'accompagne dans ses tournées de fauche. Au début, je n'ai pas trop su pourquoi, j'ai compris bien trop tard. D'abord elle faisait même le guet pour moi et me désignait la proie la plus facile. Plus tard, quand je me suis rendu compte qu'il y avait des choses plus amusantes à faire que de courir à travers les magasins en nageant dans la sueur de l'angoisse, elle a commencé à faire des remarques devant les autres.

"Comme tu sens bon, Linnea, ça doit être un parfum suuuper cher !" a-t-elle dit en me fixant de ses yeux de groseille à maquereaux vert clair. Le ton de sa voix en disait assez long pour que les autres aient des soupçons. Il était clair que je devais continuer si je ne voulais pas que Madeleine me cloue au pilori, chose qu'elle ferait sans hésiter.

Quelques semaines après avoir reçu l'argent de ma grand-mère, j'en ai parlé à Madeleine en lui disant avec détermination que ma carrière de voleuse allait s'arrêter là, car j'allais bientôt avoir les moyens de m'acheter tout ce dont j'avais envie. Elle m'a jeté un regard en coin. On était en train de longer le rayon papeterie de Domus. Madeleine avait subtilisé un agenda électronique, une espèce d'ordinateur en miniature, vachement chic, enveloppé dans un étui en cuir. Un jour peut-être je pourrais m'en acheter un, pourquoi pas ? On s'est approchées de la sortie, ni trop vite ni trop lentement. J'étais si soulagée de ne pas avoir à m'inquiéter que je n'ai d'abord pas remarqué que l'alarme s'était déclenchée au moment où on est passées à travers le portique de sécurité.

En un tournemain, Madeleine a fourré l'agenda électronique dans ma poche, et en un clin d'œil elle a disparu derrière les portes automatiques. Je suis restée plantée là, confuse, à regarder autour de moi. Une femme d'âge moyen s'est penchée vers moi en murmurant discrètement :

"Veuillez m'accompagner, s'il vous plaît."

Bien évidemment, je n'ai pas réussi à m'en tirer avec de belles paroles. Non pas que je ne veuille pas trahir ma copine – j'ai trahi à qui mieux mieux, mais ils ne m'ont pas crue. C'était dans mon sac qu'ils avaient trouvé l'agenda. Et cet appareil s'est révélé être vachement cher – le dernier modèle à piles solaires et tous les gadgets possibles.

Ma situation ne s'est pas non plus améliorée lorsque j'ai essayé de leur faire comprendre que je trouvais ce machin carrément super et que je voulais l'acheter de toute façon. En plus, je venais juste de décider de ne plus jamais piquer dans les magasins… Comment “plus jamais” ? ont-ils demandé.

Ils m’ont dit qu’ils allaient déposer plainte contre moi. Je pouvais rentrer à la maison et attendre la convocation de la police.

SORCIÈRE PRATIQUANTE

Vous connaissez sans doute ce sentiment : on vient de s'allonger dans une chaise longue, la peau brille sous la crème solaire, on veut savourer ce moment où la chaleur estivale se répand pour la première fois de l'année dans le corps. On ferme les yeux et on se rappelle que la vie peut être tellement agréable… Mais tout d'un coup l'air se rafraîchit, une brise froide vous donne la chair de poule et on rouvre les yeux. Un petit nuage de merde s'est mis à balayer le soleil. Et ce n'est que la première étape, derrière de nombreux autres nuages gris s'amoncellent.

Au cours du printemps, ce sentiment a pris de plus en plus d'ampleur. Je m'étais peu à peu habituée à l'idée d'être sur la bonne voie pour revenir sur Terre après la mort de Pia – la vie était devenue tout à fait supportable et avait paru reprendre son cours. Mais là…

Si la plainte pour vol à l'étalage a été le premier nuage à troubler l'horizon, Malin et ses sorcelleries ont constitué les légers cumulonimbus qui ont commencé à s'épaissir pour former un front orageux. Car à un moment donné, les choses ont mal tourné.

Il ne serait pas faux de dire que la confiance de Malin dans ses propres facultés m'avait contaminée. (Vous vous dites peut-être que j'ai l'air de me dégager de toute responsabilité. Mais non, au contraire : j'ai l'impression d'être responsable de tout, c'est ça mon problème !)

En plus, quelques-unes de nos actions étaient franchement marrantes. Le bricolage des poupées d'amour pour que Jonas tombe amoureux de moi, par exemple…

Malin s'y connaissait à fond. Elle possédait un bouquin qui contenait un tas de formules de sorcellerie. Elle ne m'a jamais laissée y jeter un œil, mais ça ne m'a pas vexée : elle était le maître et moi son élève. Dans un premier temps, on a dessiné une poupée de treize centimètres sur une feuille de papier. Il fallait que ça soit une feuille que Jonas avait touchée. Tâche pas très difficile, il m'a suffi de piquer son cahier de brouillon. Ensuite je devais coudre une poupée avec le tissu de sous-vêtements qu'il avait portés, tâche beaucoup plus compliquée. Comment lui arracher son slip sans qu'il s'en rende compte ? On s'est contentées de coudre les poupées avec un drap sur lequel j'avais dormi et de les remplir de coriandre, de menthe et de sauge (du rayon épicerie de Domus) et d'un pansement plein de sang de Jonas que j'avais ramassé en cours de sport après l'avoir vu se détacher de son ampoule écorchée. (Assez écœurant, mais bon ! L'amour est aveugle !) On a cousu deux poupées avec des bras et des jambes, puis on les a nouées ensemble avec un ruban rouge en soie, de sorte qu'elles donnaient l'impression de s'embrasser. La nuit suivante, il fallait que je dorme avec les poupées sous les aisselles (j'ai déjà passé des nuits moins agitées que celle-là) et Jonas devait tomber amoureux de moi. Si le sort avait porté ses fruits, je n'ai en tout cas pas pu constater de différence dans son comportement. Tant mieux, car je venais de me rendre compte qu'il ne m'intéressait plus vraiment. Sachant que les poupées me liaient autant à lui que lui à moi, comme m'avait expliqué Malin.

Est-ce que je "croyais" vraiment à tous ces trucs, bien que, en général, je sois habituée à ne pas "croire" à ce qui n'est pas scientifiquement prouvé ? Je n'ai jamais mené cette pensée jusqu'au bout. Je trouvais ça marrant de faire comme si je pouvais influencer l'une ou l'autre chose, même si je ne pigeais pas toujours ce qui se passait vraiment. Une moitié de mon cerveau se moquait de tout ça et se tordait de rire lorsqu'on se démenait à réaliser nos cérémonies ésotériques. L'autre moitié hurlait que la science ne savait pas tout sur le pouvoir de la pensée. Et puis je trouvais ça passionnant d'apprendre à utiliser la citronnelle ou la reine des bois. Avant je ne savais même pas que toutes ces plantes existaient.

Je n'ai jamais eu l'impression de renier ma religion en m'adonnant à ces rituels païens. Au contraire, je trouvais qu'il y avait plein de points communs entre nos cérémonies de magie et ce qui se passe dans les églises. (Aïe ! Au secours, le ciel va me tomber sur la tête ! Mille excuses, mon Dieu, si tu existes !) On vénère et on invoque. On détermine des rituels, des vers et des consignes pour s'habiller, c'est beau. Et si en plus ça marche, on a le sentiment de pouvoir guider ou contrôler sa vie. Ne serait-ce qu'avec deux petites poupées ou de courtes prières…

Dans les pays du sud c'est encore plus évident : on accroche une photo de ses pieds au-dessus de l'autel quand on a mal aux pieds, ou celle d'un bébé quand on désire un enfant. Maman m'en a parlé. Elle a vu ça dans les églises en Crète. Où est la frontière entre la "croyance" populaire et la sorcellerie ? Pour moi, c'est pareil. Les gens n'ont qu'à pratiquer la sorcellerie autant qu'ils en ont envie. Moi, en tout cas, on ne me convaincra pas de participer à une guerre de religions. Après avoir été dans une belle merde à cause de Madeleine et de cette histoire d'agenda électronique, Malin et moi avons pensé à essayer la magie noire pour me venger. Jusque-là on s'était bornées à pratiquer la magie blanche. On a finalement décidé de ne pas s'y aventurer, ce n'était pas notre style. Avec le recul, c'était une bonne décision, parce que quelques jours après le médecin scolaire a diagnostiqué chez Madeleine une maladie incurable de la moelle épinière. Son dos va se déformer de plus en plus pendant les années à venir.

Imaginez-vous, je dis juste imaginez-vous, si je lui avais souhaité une maladie et appris ensuite qu'elle était véritablement malade. Je me serais retirée dans un monastère. La magie noire : jamais ! Pauvre Madeleine.

La magie blanche à elle seule cause déjà assez de dégâts. Quand on est aussi obsédé par elle que Malin. Cette obsession devait devenir fatale.

BRÛLÉE

Je trouvais que Malin commençait à perdre tout contact avec la réalité. Elle était comme obsédée par l'idée de me bricoler une bonne amulette. Elle me guettait tous les jours à la cafèt pour me saouler avec son éternel laïus sur la nécessité de me mettre à collectionner des objets qui m'étaient précieux. Des cheveux, des bijoux, des souvenirs ou des objets en argent, oui d'accord, j'aurais pu trouver ça. Mais elle radotait sur des trucs qu'il n'y avait même pas au Domus. Des dents empoisonnées de vipères, des racines de mandragore, du trèfle doux et des pointes de flèches. Je n'avais pas très envie de porter un sac rempli de tous ces machins sous mon pull. Linnea, la fille aux trois seins ?

J'étais déjà assez timbrée comme ça.

“Tu dois les chercher en faisant attention à ouvrir tes sens !” a-t-elle expliqué d'une voix surexcitée en grattant son oreille percée.

Elle avait l'air d'être allergique à ses anneaux. “Ensuite il faut que tu craches dessus avant de te les approprier.”

Tout ça me paraissait aussi dégueulasse que le pansement ensanglanté de Jonas. Mais en voyant son regard étincelant et ses lèvres tremblantes dévorées par l'herpès, je n'avais pas le courage de lui dire que j'en avais assez de ces gamineries.

J'en avais vraiment marre. Peu avant, elle m'avait incitée à tricher pendant une interro d'allemand. Bon, d'accord, elle ne m'avait pas directement demandé de tricher, mais elle savait que j'avais d'assez mauvaises notes dans cette matière. Juste avant la grande interro décisive, elle est arrivée avec une amulette d'examen qu'elle avait fabriquée exprès pour moi : un petit sachet orange, noué maladroitement, qui sentait les feuilles de laurier et une autre espèce d'herbes.

"Quand tout se brouille dans ta tête, tu dois te lever et te mettre sur la pointe des pieds, a-t-elle dit. Ça augmente la concentration ! Entre-temps je réciterai des formules magiques pour toi. Elles t'aideront et feront peut-être en sorte que tu aies une idée de génie. Suis ton intuition !"

Quelles conneries. J'ai eu un mal fou avec la traduction, et quand j'ai vu cette fiche par terre, je l'ai attirée avec mon pied pour y jeter un regard discret. Puis je l'ai recopiée. En "suivant mon intuition". Je ne crois pas que je l'aurais fait si je n'avais pas eu les mots de Malin en tête.

Si seulement je m'étais contentée de me mettre sur la pointe des pieds. Parce que bien sûr c'était la feuille d'Anton que j'avais copiée, le seul de toute la classe à être encore plus nul que moi en allemand !

Et comme si cela ne suffisait pas : étant donné que nous étions les deux seuls élèves à avoir fait les mêmes fautes débiles, notre prof principal a très bien vu que l'un de nous deux avait triché. J'ai avoué que c'était moi, n'ayant pas envie que quelqu'un prenne à ma place. Et une fois de plus j'avais réussi à me ridiculiser devant tout le monde. Le principal m'a dit qu'il contacterait mes parents.

Quand Malin est venue chez moi après cette cata m'étalant ses plans sur la fête de la déesse Nerthus à l'équinoxe, je n'y suis pas allée de main morte : "Fini les sorcelleries pour ma pomme ! Ecoute-moi bien, Malin – je n'y crois plus ! La même chose m'est déjà arrivée avec Dieu, l'autre Dieu habituel, je veux dire !

— Mais… Je ne peux pas célébrer la fête de Nerthus toute seule ! Et tu es ma seule copine, du moins la seule qui soit au courant pour tout ça !

— Je ne ferais que te gâcher tes rituels avec mes doutes ! ai-je répondu. Et en plus j'ai vachement envie d'un gros hamburger de chez McDonald's !" ai-je ajouté pour qu'elle saisisse l'ampleur de mon hérésie.

Elle s'est mise à pleurer. Les larmes et le maquillage creusaient des sillons sur ses joues. Je ne l'ai pas supporté.

"Malin, arrête. S'il te plaît ! Je te fais une proposition : je promets de célébrer cette fête avec toi, si tu me promets que c'est la dernière fois. Ensuite tu devras chercher une autre assistante-sorcière. Mais on peut quand même rester amies."

Elle a séché ses larmes en répandant le maquillage avec un mouchoir sur ses joues bleuies par le froid. Elle m'a jeté un regard triste et a hoché la tête.

Combien de fois déjà ai-je regretté d'avoir accepté ce compromis ? Tout ça nous a littéralement envoyées en enfer.

Le soir du 21 mars on s'est rencontrées devant chez Malin. On s'était emmitouflées et on avait ramené nos vélos. Malin m'a donné un sac assez lourd qu'on arrivait à peine à fixer sur mon porte-bagages. Elle a suspendu un grand panier tressé à son guidon, ce qui l'a contrainte à plier son genou vers l'extérieur en pédalant.

Quand on a atteint la forêt que Malin avait choisie, à la périphérie de la ville, la nuit commençait à tomber. En même temps, il s'est mis à neiger, une neige fondante désagréable. J'ai enfilé un imperméable en vinyle, mais Malin était décidée à "accepter tout ce que la déesse voulait lui donner".

Il s'est avéré que le sac contenait du bois de chauffage. Malin a commencé "le nettoyage de la place sainte". En résumé, elle balayait le sol gelé avec une branche de sapin pour faire disparaître les feuilles puis aspergeait la terre avec de l'eau et une espèce d'huile. Elle s'y prenait de manière très gauche en répandant beaucoup d'huile sur mon vélo, ce qui semblait presque la décontenancer. Elle était entretemps trempée jusqu'aux os et tremblait comme une feuille. Mais je me suis retenue de dire quoi que ce soit et j'ai suivi ses instructions.

Elle a érigé un petit autel fait de pierres couvertes de mousse et y a posé un drap blanc. Puis elle a mis un vase avec des jonquilles sur l'autel. Les fleurs laissaient tristement pendre leurs têtes. Pas étonnant, elles avaient sans doute gelé le temps d'arriver ici.

Elle a posé un bol en céramique à côté du vase et a sorti quelques sachets de graines de sa poche, des sachets de graines tout à fait habituels, avec des graines de soucis et des graines de cresson, etc. Elle a déchiré les sachets et a versé les graines dans le bol, pendant qu'elle marmonnait quelques formules en claquant des dents.

"Nerthus, déesse de la terre, du printemps et du cycle éternel, nous dispersons ta semence sur la terre et souhaitons de la paix et de l'amour et de la fécondité pour l'année à venir." Elle m'avait dit qu'on devait ôter autant de vêtements que possible au cours de la fête puis danser avec des voiles orange. Mon Dieu ! Pourquoi est-ce que je me retrouve toujours dans des situations aussi idiotes ?

"Malin, avant de continuer tu dois absolument mettre mon imperméable ! Tu vas encore attraper une pneumonie !" Je lui ai mis ma veste sur les épaules, quelques secondes plus tard j'étais moi-même trempée jusqu'aux os. "On pourrait allumer le feu, non ? Il le faudrait !"

Malin avait empilé le bois en plusieurs couches et l'avait entouré de trois flambeaux qui étaient censés former un cercle. On aurait eu besoin de plus de flambeaux, mais nos moyens étaient restreints.

Elle a allumé les flambeaux, et pendant un moment ce sentiment de tension et de magie que j'avais toujours éprouvé au début est revenu. Puis elle a pris un flambeau pour allumer le tas de bois.

Les événements qui ont suivi se sont passés si vite que je ne pourrais jamais les rapporter précisément à la police, par exemple. C'est probablement à cause du plastique de l'imperméable et de l'huile, je suppose.

Malin a pris feu.

Elle a crié. Mon Dieu, comme elle a crié !

Elle a laissé tomber le flambeau sur mon vélo. Les flammes se sont promenées sur les roues et le cadre, où elle avait répandu l'huile.

Je me suis arraché ma toute nouvelle veste d'hiver et l'ai jetée sur elle en essayant de couvrir le plus de flammes possible. Je l'ai frappée. J'ai entendu mes propres cris.

Ce n'est pas vrai, ai-je pensé. Ce n'est pas vrai, ce n'est qu'un mauvais rêve. Dans une minute, on va se réveiller et se retrouver chez nous !

L'incident ne peut pas avoir duré plus de quelques secondes. Tout était froid, gelé et humide. Malin était mouillée. Ma veste était mouillée. Des nuages de fumée blanche ont commencé à sortir de ma veste par de petits trous aux contours noircis. Les flammes bleuâtres sur le cadre de mon vélo se sont éteintes. Malin chialait, hystérique, tout comme moi.

"Pas de danger ! ai-je bafouillé entre les hoquets de mes sanglots. Tout ira bien, Malin !"

Sur ce, elle m'a montré ses mains. Le plastique de l'imperméable avait fondu et… il n'y avait que de la chair à vif. Brûlée. La douleur devait être atroce.

On a pris le chemin vers la route en vacillant. Mon vélo était HS. La chaleur avait fait fondre le caoutchouc des pneus. Malin s'est tue et a marché à côté de moi comme un somnambule. Sur la route, on apercevait les phares d'une voiture qui s'approchait.

“Maintenant !” a dit Malin tout d’un coup. “Linnea, tu vas retourner là-bas pour éteindre les flambeaux. Ensuite tu prends mon vélo et tu te casses d’ici. J’arrête la voiture, mais je ne veux pas que tu m’accompagnes à l’hôpital. A la base, tu n’avais pas envie de venir… Je crois qu’elles l’ont senti. Nerthus l’a senti !”

Je l’ai regardée atterrée. Sa voix était agressive, rauque, comme celle d’une étrangère.

“Casse-toi !” a-t-elle hurlé.

Elle a glissé sa main blessée dans sa poche pour en sortir les ciseaux ouverts. Elle les a tendus en l’air, comme si elle voulait se protéger des esprits malfaisants.

DES PIÈCES POUR LES TOILETTES, PEU DE BAGAGES

J'ai avancé en reculant vers la forêt, mes yeux étonnés rivés sur Malin. Elle pointait les cuisses écartées des ciseaux vers moi comme si elle voulait faire fuir un chien. Pendant tout ce temps elle ne cessait pas de geindre. La voiture s'approchait de plus en plus. Tout d'un coup, elle s'est retournée et a agité ses mains. Elle a dû avoir un mal fou aux mains.

La voiture s'est arrêtée si brusquement que les pneus ont crissé. J'ai entendu Malin crier : “Aidez-moi ! Je dois aller aux urgences !”

Je l'ai vue contourner la voiture et ouvrir la porte avec peine. La voiture a redémarré. Le bruit du moteur a diminué juste après le virage.

Ensuite il a régné un silence de mort dans la forêt. On n'entendait que le bruissement du vent et le tambourinement de la pluie glaciale qui était devenue encore plus forte. Je me suis retournée. Le feu sur la lisière brûlait toujours.

Je m'en suis approchée en trébuchant. Le tas de bois ensorcelé s'était éteint, mais les flambeaux brûlaient encore. J'ai soulevé les restes de ma belle veste d'hiver pour les éteindre. Il faisait presque noir.

En geignant exactement comme Malin, j'ai ramassé nos accessoires. Le drap, le bol, les graines, les flambeaux chauds. J'ai tout fourré dans le panier que j'ai suspendu au guidon du vélo de Malin. Le mien n'était plus qu'une épave, noirci par la suie, les roues éclatées. Puis j'ai traversé la ville sous la pluie, sans veste, le genou plié vers l'extérieur, comme elle quelques heures avant. J'ai jeté le panier dans un container qui se trouvait sur mon chemin.

Adieu, Nerthus. Déesse de la terre et de la fécondité. J'ai déposé le vélo devant la maison de Malin et suis rentrée chez moi à pied. A plusieurs kilomètres. Quand je suis arrivée à la maison, je ne pouvais plus bouger ni doigts ni orteils.

Les autres étaient déjà allés se coucher lorsque je me suis faufilée dans ma chambre. Je me suis péniblement débarrassée de mes vêtements mouillés en me demandant pendant un court instant si je ne devais pas prendre un bain chaud. Mais je ne voulais pas courir le risque de réveiller les autres. J'ai donc enfilé mon peignoir en flanelle, j'ai fourré mes pieds dans une paire de grosses chaussettes en laine et je suis allée au lit. Je suis restée sans bouger pendant un bon moment. Mes oreilles palpitaient à cause des battements de mon cœur.

Les pensées se bousculaient dans ma tête comme une horde de scooters enragés. Est-ce que je m'étais déjà retrouvée dans une telle impasse ? Je marmonnais à voix basse.

“Ce n'était pas de ma faute ! Dès le début, je n'avais pas envie d'y aller !”

“Mais est-ce que tu as essayé de l’en empêcher ? Qu’est-ce que tu as fait pour aider Malin ?”

“Je voulais juste arrêter de faire tous ces trucs. J’avais prévu de lui parler. En douceur.”

“Tu lui as mis l’imperméable. Qui lui a brûlé les mains.”

“Mais j’aime bien Malin ! Je ne lui voulais pas de mal !”

“Dans ce cas, essaie de l’en persuader ! On dirait que tu n’as pas vraiment de chance dans le choix de tes amies, hein ? Ou bien c’est toi qui leur portes la poisse ? Malin ? Et Pia ?”

J’ai émis un sanglot si fort que j’ai vite pressé ma tête sur l’oreiller. Mais mes pensées ont continué à tourbillonner.

“As-tu encore une seule amie ? Madeleine peut-être !”

Madeleine ! La plainte ! Et le principal qui allait appeler pour dire à maman que j’avais triché à un contrôle. La police ne se contenterait pas du silence de Malin, s’ils apprenaient l’incident. De toute façon, peut-être qu’elle aussi, comme Madeleine, voudrait me faire sauter. Elle me déteste maintenant.

“Et que comptes-tu faire ?”

Il n’y avait qu’une seule issue. J’en suis venue à cette conclusion après de longues ruminations, le nez bouché.

J’allais tout simplement prendre la tangente.

Pour ne plus avoir à penser à toutes ces accusations injustes. La sorcellerie et les vols à l’étalage. Et pour ne pas avoir à expliquer comment ma veste et mon vélo avaient disparu.

Avec le recul, je réalise que j'avais subi un véritable choc et le fait que j'allais bientôt avoir mes règles n'arrangeait rien. A l'approche de mes règles, je vois la vie en noir. A ce moment-là, c'était la goutte qui faisait déborder le vase.

J'étais carrément soulagée d'avoir enfin pris une décision, et tout d'un coup les morceaux du puzzle se sont emboîtés. Bien sûr ! Le moment était venu d'utiliser l'argent de grand-mère !

Le but du jeu était de disparaître jusqu'à ce que l'affaire soit oubliée. A la maison, je préférais qu'ils me regrettent plutôt qu'ils me détestent. Je me fichais de l'école. Là, il n'y avait plus rien à faire, les carottes étaient cuites. Et je ne voulais en aucun cas rester dans les parages. Ils me chercheraient sûrement et ils me trouveraient, si j'essayais de me dégoter un boulot.

Il fallait que je traverse la frontière. Pour aller sur le continent. De nos jours, il ne devrait pas être si difficile de bosser quelque part dans l'Union européenne. A Londres ?

J'avais un passeport et une carte Visa pour le compte avec les quinze mille couronnes.

Sans hésiter j'ai sauté de mon lit pour fourrer quelques vêtements dans mon sac à dos Fjällräven. Surtout des sous-vêtements et des chaussettes ; une fois arrivée, je pourrai m'acheter les habits adaptés au climat local, me suis-je dit en gardant la tête étonnamment froide. Quelques pulls, des jeans, des baskets et des mouchoirs. Un sèche-cheveux, un peu de maquillage et le bloc-notes de grand-mère.

Ensuite je me suis assise devant mon bureau pour écrire une lettre à maman. Je faisais des mystères en essayant tout de même de la réconforter jusqu'à un certain point pour qu'elle ne lâche pas Interpol à mes trousses. J'ai écrit que je lui donnerais de mes nouvelles dans environ sept jours et je l'ai priée de ne rien entreprendre avant.

Soudain j'ai eu le sentiment d'être observée. Je me suis retournée et j'ai vu Knotte. Vêtu de son pyjama, il se tenait dans l'embrasure de la porte et regardait ce que je faisais. Sa joue portait les traces de son oreiller et ses yeux étaient à moitié fermés.

“Linnea ? Pourquoi est-ce que tu es déjà debout ?

— Chut, Knotte ! C'est un secret !

— Un secret ?”

Il s'est réveillé sur-le-champ. Knotte adore les secrets.

“Je veux me barrer d'ici !

— Pour aller où ?” a-t-il demandé sobrement. Pas du tout “Pourquoi ?”

“Je ne sais pas encore exactement. A l'étranger.

— Quand est-ce que tu reviens ? Tu seras de retour pour mon anniversaire, non ?”

Knotte venait juste de fêter son anniversaire, ça faisait même pas trois semaines.

“Oui, Knotte. Je te promets que je serai de retour pour ton anniversaire !”

Tout d'un coup, il a semblé avoir une idée.

“Attends ici !” a-t-il dit, puis il a disparu.

J'ai rongé mes ongles nerveusement, mais il a vite été de retour. Dans sa main il tenait un porte-monnaie à porter autour du cou et dans lequel on gardait d'habitude ses papiers. Il m'a mis le truc autour du cou et j'ai failli tomber : ça pesait au moins un demi-kilo. Je savais ce qu'il y gardait.

"Si tu arrives quelque part et que tu as envie d'aller aux toilettes. Comme ça, tu auras toujours de la monnaie !" a-t-il dit.

C'était sa précieuse collection de pièces étrangères. Il avait amassé des pièces de partout dans le monde, de la Tasmanie jusqu'à l'Equateur. Voilà une vraie preuve d'amour.

Et j'ai compris ce qu'il pensait. Une fois, à la gare centrale de Copenhague, il lui était arrivé un malheur embarrassant parce qu'il ne disposait pas de couronnes danoises pour aller aux toilettes.

"Merci, mon Knotte chéri ! J'essayerai de ne pas trop en dépenser ! ai-je répondu en l'embrassant.

— Tu me donneras peut-être quelques nouvelles !" a-t-il dit en m'embrassant à son tour d'une manière plutôt insensible.

"Recouche-toi maintenant ! Et dis à maman et à Ingo qu'ils n'ont pas de souci à se faire, tu me le promets ?

— Je pourrais fermer la porte à clé derrière toi ! a-t-il proposé. Ça leur donnerait du fil à retordre !" Il a gloussé.

Il était temps pour moi de partir. J'ai péniblement soulevé mon sac à dos, puis je lui ai caressé la joue et me suis faufilée par la porte d'entrée. Il a chuchoté un "Salut" qui résonnait dans la cage d'escalier. Peu après, la serrure a tourné derrière moi.

CHAPERON ROUGE FATIGUÉ
RENCONTRE LOUP GAI

J'ai passé presque une heure entière à trembler de froid dans l'entrée d'une maison à côté de l'arrêt de la navette pour l'aéroport avant de me rendre compte que c'était l'occasion de retirer un peu d'argent. Mille couronnes.

Puis j'ai pris le bus pour l'aéroport. Là-bas, je suis montée dans un avion pour Stockholm. Tout allait comme sur des roulettes.

Je n'avais même pas peur de prendre l'avion. D'une manière ou autre, on redescendra toujours…

A la gare centrale de Stockholm, j'ai déposé mon sac à dos dans un casier, puis je suis entrée dans un café pour manger un petit quelque chose. Du jus, du thé, des petits pains fourrés aux boulettes de viande. Je me sentais cool et pleine d'entrain. Je tenais la barre, les yeux dirigés vers l'avant. Pas envie de regarder en arrière.

Après le repas, je me suis allongée sur un banc dans la salle d'attente, un pull sous la tête, et je me suis endormie sur-le-champ. Quelques minutes plus tard, un policier m'a réveillée en me disant qu'on n'avait pas le droit de dormir sur les bancs. Je suis donc repartie dans la ville, fatiguée et étourdie.

Il était onze heures du matin. Le ciel était gris, mais il faisait moins froid que chez moi. J'ai quand même tiré mon bonnet en laine rouge bien par-dessus mes oreilles, la fatigue me rendait frileuse.

Je suis passée devant une agence de voyage. J'ai regardé les annonces dans la vitrine, puis je suis entrée. Il n'y avait presque personne, mais la salle était chauffée et accueillante, et les bancs confortables. J'ai longuement feuilleté les brochures, personne ne faisait attention à moi. Vers midi, je me suis approchée du guichet pour demander des renseignements sur des vols à bas prix pour Londres. On m'a filé quelques infos et je suis retournée m'asseoir sur mon banc.

A cette heure, les autres prenaient le déjeuner à l'école. Est-ce qu'ils avaient déjà remarqué mon absence ? Malin était-elle encore à l'hôpital ? Et que faisait maman en ce moment ?

“Qu'est-ce qui se passe, chaperon rouge ? T'as oublié le chemin jusqu'à la maison de mère-grand ?” a dit une voix près de mon oreille, alors que je fixais le sol, perdue dans mes pensées.

J'ai fait un bond d'au moins cinquante centimètres avant de loucher vers le côté.

Le garçon le plus craquant que j'aie jamais vu de ma vie. Pas vraiment beau, mais frais, souple et bien proportionné, une frange brune qui encadrait des yeux d'Asiate brillants et parsemés d'éclats dorés. Une petite bosse sur le nez, de grandes dents un rien irrégulières d'un blanc étincelant sur fond de visage bronzé.

Qu'est-ce qu'il voulait dire par chaperon rouge ? Ah oui, mon bonnet rouge !

"Quelles terribles dents tu as ! Est-ce que tu veux me manger ?" ai-je laissé échapper. Il a rigolé.

"Ma maman m'a interdit de manger les jeunes filles que je ne connais pas ! Mais si tu me dis comment tu t'appelles je pourrais éventuellement…

— Je suis assez indigeste !" ai-je répliqué d'un ton cool, même si, intérieurement, j'étais plutôt inquiète. Il valait mieux ne pas faire confiance à des étrangers. Je devais m'occuper de choses plus importantes.

Je me suis levée en lui tournant le dos et je suis retournée au guichet en me demandant si je devais acheter le vol aller-retour pour une semaine à Londres. D'un air ennuyé, le mec derrière le comptoir s'est mis à tapoter sur son ordinateur. Tout d'un coup, il s'est exclamé : "Ah merde ! Ce machin est de nouveau bloqué ! Il faudra patienter, ça va prendre un peu de temps !"

"Personne ne va volontairement à Londres fin mars !" ai-je entendu dire la voix d'aventurier à côté de moi. "Tu es sans doute en mission secrète ! Tu ne veux pas aller manger un truc avec moi, le temps qu'ils remettent en marche leurs jolies machines ? Comme ça, tu pourras tout me raconter."

J'ai réfléchi. A cet instant-là, j'avais l'impression de ne pouvoir refuser toute amitié ou toute connaissance qui s'offrait à moi. En plus, il était tellement mignon ! Je me voyais déjà en train d'envoyer des photos à Madeleine sur lesquelles elle nous verrait avec des sourires béats au bord d'une piscine.

J'ai donc fait un signe de tête affirmatif en reposant mon tas de brochures sur la table. Sa main légèrement appuyée contre mon coude, il m'a guidée jusqu'à la porte vers l'extérieur – c'était un sentiment étonnamment agréable.

Puis il m'a emmenée dans un petit restaurant à la lumière tamisée avec des chaises et des tables de forme rigolote et des objets bizarres accrochés aux murs. Je me souviens qu'il y avait un feu de cheminée et un énorme oiseau empaillé. La bouffe était vachement bonne, sans que je sache ce que c'était. J'avais fermé les yeux et pointé un plat sur la carte. Heureusement que j'ai assez d'argent, me suis-je dit.

Dix minutes plus tard, je le considérais déjà comme mon frère ou au moins comme mon cousin. Il ne semblait pas chercher un simple flirt mais était vraiment très chaleureux. Il écoutait attentivement tout ce que je disais. Je ne lui ai pas dit que j'avais fugué. Par contre, je lui ai expliqué que j'aimerais aller à l'étranger pour y travailler pendant un certain temps. Il a hoché la tête d'un air pensif. Il m'avait raconté qu'il était sud-américain et qu'il s'appelait Mark. Il venait de passer un mois chez lui, dans quelques jours il allait retourner aux States. Il faisait ses études à l'UCLA, l'University of California, Los Angeles. Tout d'un coup, alors qu'on était en train de manger le dessert, une salade de fruits à la crème au chocolat, il m'a saisie par les bras.

"Linnea !" il a dit. Je lui avais bien évidemment dit mon nom. "Linnea Nilsson ! Tu as encore un autre nom à part Linnea ?

— Karin Linnea !” ai-je répondu en rougissant un peu. Deux noms super ennuyeux.

Il m’a fixée. “C’est incroyable !”

Qu’est-ce qu’il voulait dire par là ? Je lui ai jeté un regard méfiant. Il a souri.

“Je te le dirai plus tard ! a-t-il dit. Allons-y.”

C’est lui qui a payé l’addition, après une brève controverse. Il semblait être plutôt aisé vu le pourboire qu’il a laissé.

Avant de ressortir sous la bruine, il s’est excusé pour aller téléphoner quelques minutes.

Une fois dehors, il s’est arrêté brusquement et m’a à nouveau saisie par les bras. Ses yeux étaient extraordinaires… Ils luisaient d’un vert aux reflets marron sous des éclats dorés, je me suis sentie littéralement absorbée et ne pouvais m’empêcher de le regarder. J’ai rougi.

“Linnea, tu n’es pas trop pressée d’aller à Londres, non ? Tu n’as pas de rendez-vous ? Si c’est le cas, je te propose de ne partir que demain. Comme ça, on pourrait passer la soirée ensemble. Aie pitié – ça n’arrive pas souvent qu’un chaperon rouge aussi sympa croise mon chemin. Il n’y en a pas des milliers dans cette ville.”

J’ai réfléchi un instant. Hum. Hier encore en train de faire des cérémonies de magie dans une forêt du nord, aujourd’hui dans le grand monde. Et pour le moment, je ne semblais pas être recherchée par la police.

On a visité tout un tas d’endroits marrants. Au musée oriental, il m’a offert des boules en marbre et m'a montré comment il fallait les faire rouler dans ses paumes. Ensuite on est allés au Laserdome où on s'est tiré dessus avec des pistolets au laser pendant une demi-heure. Après ça, on a mangé dans un café où les serveuses présentaient les menus en chantant. Il a tout payé, malgré mes protestations. Des protestations de plus en plus faibles.

Vers cinq heures et demie on est revenus à l'agence de voyage. Ça m'a un peu étonnée, mais Mark a dit : "Maintenant tu vas voir pourquoi j'étais tellement enthousiaste quand j'ai appris que tu t'appelais Karin Linnea ! Viens !"

Le mec qui avait eu des problèmes avec son ordinateur à midi se trouvait toujours derrière le guichet. Il a fait un signe de tête en direction de Mark.

"Alors ? lui a demandé Mark. Tu as réussi ?"

Le mec de l'agence a secoué la tête.

"Dis-lui qu'elle doit venir le chercher. Il faut qu'elle le paye ! a-t-il dit. Mais tu sais, elle avait vraiment fait une bonne affaire ! Elle n'aurait eu aucun problème à le revendre ! Le hic c'est qu'elle n'a plus beaucoup de temps."

Mark a sorti son porte-monnaie et a rempli un chèque.

"Donne-moi ça !" a-t-il dit. L'autre lui a filé une enveloppe qui semblait contenir des billets. On est ressortis de l'agence, la main de Mark une fois de plus légèrement posée contre mon coude.

Je lui ai jeté un regard interrogateur. Il avait l'air de cacher un secret très amusant. Les flocons dorés dansaient dans ses yeux.

On est entrés dans un magasin de meubles qui allait juste fermer. Le vendeur a fait une moue fâchée. Mark s'est laissé tomber sur un canapé vert et m'a attirée vers lui. Il a sorti les billets de l'enveloppe et me les a tendus sous le nez.

"Aller-retour Stockholm – Los Angeles, via Amsterdam et New York, ai-je lu. Pour Madame... Karen Nelson" ?

SEULE DANS LE JACUZZI

"ÉCOUTE-MOI BIEN, mon petit chaperon rouge ! m'a exhortée Mark. Ne dis rien, rien du tout, avant que je t'aie tout expliqué !"

Le vendeur maussade avait finalement réussi à nous chasser du magasin de meubles, et on s'était dirigés vers un restaurant vieillot du centre-ville. On a pris place sous les voûtes romantiques du caveau et commandé des côtelettes. Elles étaient très épicées.

"Quel heureux hasard qu'on se soit justement rencontrés aujourd'hui ! C'est presque trop beau pour être vrai. J'étais à l'agence de voyage pour leur demander de reprendre le billet d'une copine de la fac. Elle a brusquement décidé de ne pas rentrer, puisqu'elle vient de rencontrer un mec. Elle s'appelle Karen Nelson, elle aussi est sud-américaine.

— Ah bon ? ai-je demandé, curieuse.

— Tu veux partir, mais tu ne sais pas où. J'ai un billet – avec ton nom, bon, presque – pour Los Angeles. Demain soir. Alors ?

— Los Angeles ? Je trouverai jamais de boulot à Los Angeles ! Là-bas, il me faudra sans doute un permis de travail, non ?"

Mark a eu un sourire fatigué.

“Si. Pour les boulots les plus lucratifs dans les grandes entreprises. Par contre, il y a d’innombrables boulots plus simples, et là ils se fichent des papiers. Ce n’est pas aussi bien payé, mais pas trop mal non plus. Ou bien est-ce que tu as prévu de faire fortune ?”

Scintillement d’éclats dorés.

“Essaye de voir les choses comme ça : en Europe, tu peux évidemment travailler partout, mais il y a peu de possibilités. T’en as déjà entendu parler, non ? A Los Angeles, tu n’auras peut-être pas de travail officiel, mais il y a plein de boulots au noir. Et en plus je prendrai moi aussi l’avion pour Los Angeles après-demain. Tu pourras dormir chez moi, enfin au début. J’habite en coloc avec d’autres étudiants de l’UCLA dans une petite maison. T’en as assez pour payer le billet, non ? Sinon Karen devra rembourser la moitié des frais. Elle n’aura plus le temps de trouver quelqu’un d’autre.

— Oui, mais bon, je ne sais pas si…” ai-je marmonné, complètement perdue. Il savait très bien que j’avais les moyens. Je lui avais raconté l’histoire des quinze mille couronnes de grand-mère.

Il a ri. “Et à part ça, je pourrais rendre service à Karen, si j’arrivais à vendre son billet ! Bien que je ne lui doive rien, ce n’est pas ça le but. Je serais juste très heureux de te revoir.”

Il a plongé son regard si profondément dans le mien que j’ai été forcée de baisser mes yeux. J’avais sans doute de la sauce partout, du menton jusqu’aux sourcils. Chère Linnea, tu devrais venir faire des essais ! Un visage aussi plein d'esprit ! Et la sauce barbecue s'harmonise parfaitement avec tes yeux !

"N'en parlons plus maintenant ! a décidé Mark. Ce soir, on peut passer la nuit chez mon oncle, si tu n'es pas déjà attendue ailleurs. Mais ça m'arrangerait si tu pouvais te décider avant demain soir."

Il a croqué sa côtelette et l'os a craqué sous ses grandes dents blanches, tout en me regardant de ses yeux mi-clos. "*And now for something completely different !* a-t-il continué. Sais-tu qui a habité dans cette maison...?"

Il s'est lancé dans le récit rigolo d'une amourette moyenâgeuse, qui s'était déroulée dans la maison où se trouvait maintenant le restaurant. Il ne semblait plus se soucier des billets. J'avais de plus en plus de mal à suivre son histoire. Le manque de sommeil commençait à se faire sentir : je n'avais dormi qu'une seule heure ces deux derniers jours.

Vers dix heures, il a appelé un taxi qui nous a emmenés dans un quartier assez éloigné du centre-ville. Les rues y étaient bordées d'arbres et de maisons individuelles avec des toits mansardés noirs et des terrains immenses. Quand on est enfin arrivés au bout de notre voyage, je m'étais endormie. Il a presque dû me porter jusqu'à la porte d'entrée. On avait récupéré mon sac à dos à la consigne en faisant un petit détour par la gare centrale.

Tout d'un coup, il s'est mis à jurer. "Ah merde ! J'ai encore oublié ce putain de code ! Et mon oncle n'a pas l'air d'être chez lui ! Attends une minute, je vais essayer de passer par-derrière !” Sur ce, il a disparu.

Je dormais, assise sur mon sac à dos, lorsqu'il a ouvert l'épaisse porte brune en bois précieux de l'intérieur. Mon Dieu, voilà ce que j'appelle chic ! Je n'avais encore jamais eu la chance de pénétrer dans une telle maison. Des murs en briques de verre et du marbre, un parquet étincelant, des cadres dorés tarabiscotés et tout ce qu'on peut s'imaginer. L'oncle de Mark occupait sans doute une place de leader dans le registre des contribuables !

La seule ombre au tableau était cette vitre cassée sur l'une des portes qui menaient à la terrasse plongée dans l'obscurité. Mark l'a désignée d'un signe de la tête.

“On dirait que mon oncle a eu de la visite”, a-t-il dit en tirant le rideau d'un tissu épais devant la porte pour limiter le courant d'air. “Ça arrive tout le temps. Mais heureusement ils ont une bonne société de sécurité ici.”

Puis il m'a emmenée dans une salle de bains aussi grande qu'un bowling avec un carrelage à jolis motifs et de grandes plantes vertes en pot. Dans un coin se trouvait un vrai jacuzzi ! Jusqu'ici je n'en avais vu que dans des catalogues. Mark m'a soulevée pour me poser tout habillée dans le jacuzzi.

“Il faudra te déshabiller toi-même ! a-t-il dit. Ici, c'est pour faire couler l'eau. Profites-en ! Dans le placard tu trouveras des serviettes.”

C'est un miracle que je ne me sois pas noyée. Je n'avais jamais pris de bain aussi agréable, mais il ne m'a pas réveillée, bien au contraire. J'ai quitté la salle de bains en titubant, morte de fatigue, rose et brillante, après m'être enveloppée dans un peignoir en éponge que j'avais trouvé suspendu à un crochet. Je sentais que mes facultés de jugement n'étaient plus tout à fait optimales. Confuse, je me suis dit que je ne me défendrais peut-être pas, si Mark essayait de me suivre dans le lit. Il fallait bien que ça m'arrive un jour. Ne riez pas !

Mais non. Il s'est juste moqué de moi, quand il m'a vue le visage tout endormi et clignant des yeux comme une chouette. Il m'a dirigée vers une chambre d'amis pleine de tissus et de papiers peints fleuris. J'en avais presque de l'urticaire. Il m'a embrassée sur le bout du nez, a éteint la lumière et a disparu. Je me suis endormie sur-le-champ.

03 H 31 – PERTE D'INNOCENCE

Les cheveux de Malin brûlaient, mais elle rigolait quand même. “Tu redescendras toujours d'une manière ou d'une autre !” a-t-elle dit en m'effleurant doucement la joue de sa main froide. Vite, casse-toi d'ici avant que mes cheveux ne prennent feu, ai-je pensé. Mais ses caresses étaient si agréables ; je suis restée allongée sans bouger. Son visage s'est dissous comme un mince filet et j'ai regardé dans les yeux de Mark.

J'ai laissé échapper un cri en tentant de me mettre debout.

“Chut, chut, a-t-il fait en me passant la main sur les cheveux et les épaules. Tu as rêvé, je t'ai entendue gémir ! Rendors-toi, si tu veux, il n'est que trois heures !”

A 03 h 31, dans la nuit du 23 mars, j'ai perdu ma virginité. Combien de filles seraient capables de le dire à la minute près ? Je voyais les chiffres rouges sur le radio-réveil, pendant que je jetais la tête d'un côté puis de l'autre. Classé au rayon perceptions inexistantes… Je devrais plutôt me rappeler combien c'était merveilleux !

Parfois, en lisant les conseils des sexologues dans les magazines, je me disais que c'était une sorte de sport auquel je m'adonnerais seulement quand ce serait absolument inévitable. Je n'avais pas peur du sexe, mais je pensais qu'il était défini par les mauvaises personnes. C'est-à-dire par des gens fatigués et vidés d'amour, qui ont essayé toutes les positions et variations pour ressentir encore quelque chose. Ils déclarent gaiement que c'est parfaitement normal de faire des trucs bizarres. Si vous avez envie de lécher de la liqueur à la banane sur le cul de l'autre suspendu à un trapèze tout en regardant la vidéo d'une partouze – c'est tout à fait normal, utile et amusant. Tant que vous n'oubliez pas l'herpès génital ! Et les condylomes et le SIDA !

Tout est permis, pour ne pas dire prescrit – et représente en même temps un danger mortel. Etrange combinaison.

Une fois, dans *La Semaine*, j'ai lu une lettre d'une fille de douze ans qui voulait savoir si le sperme d'un garçon avait "bon goût". Comme s'il s'agissait là d'un parfum de vanille ou de réglisse – pourquoi s'en soucier sinon ?

Si j'étais sexologue, je lui aurais conseillé de s'en tenir à la glace à la réglisse. Mais la réponse à sa question était que c'était à chacun de décider s'il voulait "avaler" ou pas. Franchement, à douze ans. A peine plus âgée que Knotte.

J'avais donc réussi à fêter mes dix-sept ans en pleine possession de ma virginité. Même si je ne m'en vantais pas trop. De nos jours, on se sent plutôt coupable d'être encore vierge. C'est presque aussi terrible que d'être gros.

Parfois je me fais l'effet d'être réac en matière de sexe. Je regrette le bon vieux temps. J'aime ces vieux romans où un regard langoureux suffit à faire bander les gens, où ils halètent de passion et où ils n'arrivent pas à s'endormir à peine ont-ils aperçu les "mollets ronds et blancs" de quelqu'un. Je peux imaginer cette ardeur intérieure accumulée au fil des années.

Bien sûr que j'avais déjà vu des films porno. La plupart était hyper écœurants, ils m'ont foutu les boules, genre dix-huit mecs dans un trou. Si on suivait ces scénarios, le sexe serait un hobby de même catégorie que le saut à l'élastique. Mais j'avoue que mon ventre m'a un peu chatouillée quand même lorsque je les ai vus.

Je comprenais que je ne comprenais pas tout, puis j'ai décidé de ne pas avoir d'avis sur le sexe avant d'avoir essayé. Et voilà le moment venu.

Mark n'était bien évidemment pas un jeune ado aux mains moites et tellement bourré d'hormones qu'elles lui sortaient par les oreilles. Apparemment, il n'avait même pas prévu de coucher avec moi. Il m'a tout simplement caressée, en commençant par le lobe jusqu'au petit orteil, puis, au moment où je croyais déjà avoir une crampe entre les jambes et où je me courbais de tous les côtés pour qu'il puisse atteindre tous les endroits, il a souri très doucement et m'a demandé : "D'accord ?" Et j'ai répondu en haletant : "D'accooord !" A cet instant, j'ai regardé l'heure.

Ooooh ! Une demi-heure plus tard je me suis sentie comme jetée sur le rivage. Sauvée, heureuse et fatiguée.

Je crois que Mark n'a même pas transpiré.

Vous connaissez sans doute ces expériences où des poussins qui viennent de naître sont mis à côté d'une balle rouge pour leur faire croire que c'est leur mère ?

Je pense que c'est ce qui m'est arrivé avec Mark à ce moment-là, je me disais que j'avais rencontré le grand amour. Je n'arrêtais pas de jacasser alors qu'il était allongé à côté de moi, à fumer sa clope.

Cet événement avait tranché la question sur la destination de mon voyage. C'était à Los Angeles que j'irais. Dans un premier temps j'habiterais chez Mark et ses colocs, plus tard on essaierait peut-être de trouver quelque chose pour nous deux… J'avais déjà dressé le tableau de nos sept prochaines années, lorsqu'il m'a interrompue en riant par un signe de la main. Il m'a demandé si j'avais faim. On avait encore beaucoup de temps, le vol n'était qu'à 18 h 30. Et moi, j'avais l'impression que la vie ne faisait que commencer.

FILLE NON CONFORME DANS LE GRAND MONDE

On a passé l'après-midi à régler les derniers détails en ville – j'ai retiré l'argent pour le billet et Mark l'a déposé sur le compte de Karen Nelson. Je me suis acheté quelques jolis habits d'été que Mark a choisis pour moi. Les vêtements n'étaient pas chers, mais Mark m'a conseillé de ne pas trop dépenser pour garder assez d'économies avant de trouver un boulot rémunéré. Lui n'avait que son prêt étudiant. Et un peu d'argent de sa famille, comme il a vaguement indiqué – je me suis dit qu'il devait avoir des parents plutôt riches. Mais je ne voulais en aucun cas devenir un poids financier pour lui.

A chaque fois qu'on passait devant une cabine téléphonique, j'avais les larmes aux yeux. Mais je m'étais juré de ne pas appeler à la maison avant la fin de la semaine !

Vers seize heures on a pris le bus pour Arlanda. On ne voyagerait pas ensemble, l'avion de Mark décollait le lendemain matin. Il a écrit son adresse dans mon carnet en dessinant même une petite carte de LA. à côté où il a marqué le chemin de l'aéroport jusqu'à Santa Monica. C'est là qu'il habitait, pas au centre de Los Angeles. Tout le monde ne peut pas habiter *downtown*, a-t-il dit d'une voix déterminée. On a arpenté les rues, étroitement enlacés. Nos pas trouvaient automatiquement la même cadence. Tout était parfait.

Une longue queue s'alignait devant le guichet d'enregistrement, les gens avançaient à la vitesse d'un escargot. Mark s'est impatienté.

"Merde ! Je croyais qu'on avait encore le temps de changer de l'argent pour toi ! a-t-il juré. En fait, je connais un mec qui travaille au bureau de change de l'autre terminal. Il me fait toujours le meilleur cours, ça peut faire plusieurs centaines de couronnes par change ! Mais ça prend du temps."

Je ne voulais pas quitter ma place dans la queue, je l'ai donc convaincu de retirer deux mille couronnes au distributeur derrière le coin. Comme ça, il pourrait les échanger à un cours avantageux. Il est revenu avec les deux mille dans la main, tout nerveux parce qu'il pensait que je pourrais avoir des problèmes avec mon billet. Je lui ai proposé d'échanger l'argent après mon départ. De toute façon, on allait se revoir dans moins de 24 heures. Il a tiré un billet de cinquante dollars de la poche de son pantalon et me l'a filé pour que j'aie la bonne monnaie au moins pour le taxi de l'aéroport jusqu'à Santa Monica.

Avec le billet de Karen Nelson il n'y avait pas de souci. La femme qui m'a enregistrée ainsi que mon sac à dos a contrôlé mon passeport qui m'identifiait en tant que Karin Linnea Nilsson. L'écart dans l'écriture des noms ne semblait pas transgresser les limites de sa tolérance. On a poussé un soupir de soulagement.

Et puis est venue la dernière embrassade devant les barrières du hall de départ. Mark m'a caressé la joue à sa manière à lui. Il m'a demandé s'il pouvait jeter mon atroce bonnet rouge dans la poubelle la plus proche, de toute façon je n'allais plus en avoir besoin sous les palmiers. En plus, dans une ville comme Los Angeles, il était plutôt conseillé de ne pas montrer qu'on était un petit chaperon rouge.

"Là-bas, les loups se promènent en hordes. Essaie au moins de te retenir jusqu'à demain, a-t-il dit en ayant presque l'air inquiet. Et ne pars pas avec le premier venu. Comme tu l'as fait hier !" On a rigolé, puis j'ai passé les barrières.

L'excitation, l'amour et la peur de l'avion forment un cocktail détonant. Je me souviens de chaque petit détail du voyage. Jusqu'à Amsterdam, on était dans un avion classique mais tout de même grand. La nourriture à bord était vachement bonne, ça me changeait un peu des tartines de fromage qu'on servait sur les vols intérieurs en Suède. Des filets de viande accompagnés de pommes dauphines et ensuite une mousse à la framboise vraiment extra.

Au début je croyais que Schiphol était un trou perdu jusqu'à ce que je capte que je n'avais vu qu'un seul terminal, un centième de cette termitière géante. Pendant les quelques heures qu'a duré l'escale, ma mâchoire inférieure pendait probablement jusqu'à ma poitrine. Confortablement installée sur un canapé en cuir, je matais les gens qui passaient devant moi, drapés dans des turbans et des saris ou dans des tissus africains hauts en couleur et des tentes arabes, comme si c'était la chose la plus naturelle au monde. Je me suis mise à glousser quand j'ai remarqué que moi, une fille en jean et T-shirt portant un sac à dos Fjällräven, j'essayais de déterminer comment les gens devaient s'habiller. Vu depuis le reste du monde, c'était moi la personne non conforme.

J'ai rigolé encore plus fort quand on m'a filé un formulaire du service d'immigration américain, où je devais assurer que je n'étais pas folle et que je n'avais pas l'habitude de commettre des attentats. Je me suis demandé s'il arrivait que quelqu'un réponde "oui" à ces questions et j'aurais aimé avoir Mark à mes côtés pour qu'on soit deux à se marrer.

Je n'ai pas arrêté de glousser pendant tout le trajet. Je voyais sans cesse Mark devant moi comme s'il avait été photocopié sur ma rétine.

Au départ d'Amsterdam, on a pris un Boeing 747. Evidemment, j'ai eu les boules et j'ai essayé de combattre ma peur en murmurant "on redescendra toujours, on redescendra toujours" comme un mantra. Jusqu'à ce que je me mette à nouveau à glousser parce que l'Américain d'âge moyen assis à côté de moi louchait nerveusement dans ma direction et n'arrêtait pas de se vaporiser du spray dans la bouche. Je ne sais pas pourquoi, mais il n'a pas osé m'adresser un seul mot.

Le repas qu'on nous a servi à bord était aussi excellent que les autres, j'ai commandé une petite bouteille de vin avec autant d'aisance qu'une polyglotte. Et tout ça gratos ! Puis je me suis endormie au-dessus de l'Atlantique.

MARK ET / OU MATS

Vers six heures du matin on a atterri à LA J'ai passé des heures dans une file d'attente interminable devant les guichets du contrôle d'identité. Ensuite, à ma grande surprise, j'ai récupéré sans problème mon sac à dos délabré sur le tapis roulant pour me retrouver dans une queue encore plus longue devant les contrôles douaniers. Un agent de la douane a farfouillé parmi mes slips, mais il a très vite commencé à s'ennuyer. J'ai donc rapidement pu enfiler mon sac à dos et traverser les portes vitrées pour arriver dehors.

Un million de taxis jaunes grouillaient sur des milliers de voies entre d'énormes poutres en béton. S'il y avait un système, il m'échappait en tout cas. Et ici les voyageurs ne formaient pas une gentille queue suédoise qui avance silencieusement. Les gens criaient et braillaient. L'air était encore assez frais, mais on sentait que la journée serait chaude. Le tout était dominé par une odeur d'essence et de diesel.

Finalement, un jeune chauffeur de taxi noir s'est adressé à moi en hurlant quelque chose qui n'avait pas la moindre ressemblance avec l'anglais que j'avais appris à l'école, mais j'en ai conclu qu'il me faisait signe de venir avec lui. Je me suis donc glissée à l'arrière de la voiture.

Il a voulu prendre le sac à dos, mais je m'y suis accrochée comme s'il s'agissait des joyaux de la couronne. J'avais apparemment plus les boules que je n'osais me l'avouer.

Je lui ai donné l'adresse.

On est passés par des autoroutes avec tant de voies que j'en avais le vertige. Le chauffeur bifurquait rapidement d'une voie à l'autre, je commençais à avoir mal au cœur. Je m'attendais à tout instant à voir défiler des gratte-ciel vitrés comme dans "La loi de Los Angeles". Mais non : les quartiers résidentiels de la taille d'une ville suédoise moyenne, place du marché et banlieues incluses, comptaient de plus en plus de villas. Des arbres aux jolies fleurs bleues et de hauts palmiers dont les feuilles étroites flottaient au vent bordaient les routes.

Tout ça me semblait à la fois familier et étrange. Je l'avais déjà vu dans des films, abstraction faite des ordures qui s'étalaient partout.

A la fin, le taxi s'est arrêté devant une épaisse haie à fleurs jaunes. Le chauffeur a pris le billet de cinquante dollars et m'a rendu cinq dollars de moins que ce qu'indiquait le compteur. Avant que je n'esquisse la moindre protestation, il avait déjà fait demitour et disparu au bout de la rue. Un silence de mort régnait tout à coup autour de moi.

J'ai soulevé mon sac à dos, puis j'ai poussé une grille noire en fer au milieu de la haie. Devant moi s'étalait un petit jardin qui me paraissait être le paradis absolu. On y trouvait des chemins de pierre, des buissons en fleurs, des palmiers et même une petite piscine. Le bassin était vide. Une petite femme rondelette aux cheveux noirs et gras était en train de laver le fond. Une maison blanche à deux étages surmontée d'un toit en briques rouges s'élevait au milieu du jardin. A côté se trouvait un garage double.

Au même moment un petit garçon brun aux cheveux noirs et épais sortait sur un vélo d'enfant par la porte du garage. Je me souviens encore que ça m'a étonnée.

Alors que je m'apprêtais à monter les marches devant la porte d'entrée, la femme dans le bassin a crié quelque chose dans ma direction.

"No ! No ! Sleep !" a-t-elle dit en me faisant un large sourire. Ses dents étaient blanches, mais il lui en manquait une. Je lui ai fait un gentil signe de la tête et je me suis assise sur un banc en pierre à côté de la piscine en bayant aux corneilles. On ne dormait pas très bien en classe économique dans un 747, mais ce n'était pas une raison pour ne pas laisser dormir les amis de Mark.

Je me suis rendu compte que j'avais un grand sourire aux lèvres à chaque fois que je pensais à Mark. Demain il serait là. On sauterait dans la piscine, ensuite on monterait directement dans sa chambre… J'ai supposé que la femme était une sorte d'employée, elle aurait sans doute nettoyé la piscine d'ici là. En ce qui concernait les amis de Mark, je me les représentais comme des beaux mecs bronzés et sympas avec des lunettes ou sans, portant des pulls à l'emblème d'UCLA. Il ne restait qu'à espérer qu'ils n'avaient rien contre le fait de m'héberger !

La chaleur devenait écrasante sur le banc de pierre. En plus, j'avais envie de faire pipi.

Environ une heure plus tard, la porte d'entrée s'est ouverte et une fille blonde et maigre en short et sandales de bois est sortie. Elle est allée jusqu'à la grille en faisant claquer ses semelles et a mis la main dans une boîte à lettres ronde pour en retirer un journal épais. Elle s'est retournée pour remonter vers la maison. C'est là qu'elle m'a découverte. Je me suis levée.

"Hello ! Eh… My name is Linnea ? I'm a friend of Mark Whitman, I guess you know he'll be back tomorrow… I came a little earlier, but I… I…"

Je me suis tue. Elle n'avait pas du tout l'air gaie ou réjouie de me voir. Elle a seulement pincé ses lèvres un peu plus fermement. Puis elle a dit : "Tu peux parler en suédois avec moi !" Elle a toisé mon sac à dos. "Mark Whitman, c'est ça. Et tu veux bien évidemment habiter ici ?

— No… no… I…" Confuse, j'ai continué à bafouiller quelques mots en anglais. Une Suédoise ? Elle m'a interrompue une nouvelle fois.

"Il vaut mieux que tu entres un moment !" a-t-elle lancé, et elle a monté les marches en faisant claquer ses sandales sans se retourner.

Ebahie, je l'ai suivie de mes grands yeux ronds. Carrément ! En voilà une qui paraissait vachement jalouse ! Mais mon envie pressante d'aller aux toilettes ne m'a pas laissé le choix.

On est entrées dans un grand couloir. Des tableaux modernes étaient accrochés aux murs et un escalier élégamment courbé menait à l'étage supérieur. La fille hurlait vers le haut de l'escalier : "Vicke, t'es réveillée ? Descends, s'il te plaît ! Ce connard de Mats Johansson l'a encore fait ! Une fois de plus il nous a envoyé une de ces ploucs ! C'est incroyable !"

INNOCENCE PERDUE – UNE NOUVELLE FOIS

A cet instant précis, j'ai remarqué que j'avais mes règles. Il ne manquait plus que ça.

A contrecœur, la nana grincheuse m'a montré la salle de bains pleine de bouteilles et de bocaux, comme dans une pharmacie. J'ai pissé. Ensuite je me suis fourré la moitié du rouleau de PQ dans le slip. Le menton en avant, je suis ressortie pour affronter le Jugement dernier.

Quatre jeunes, deux garçons et deux filles, s'étaient rassemblés sur les chaises et la table de la petite cuisine. Ils me fixaient.

Pendant quelques minutes personne n'a ouvert la bouche.

Puis la rousse a toussoté et s'est mise à parler avec un accent de Göteborg : "T'es déjà la troisième que Mats nous envoie ! a-t-elle dit. Ça commence à bien faire, putain. D'abord, tu devrais nous raconter ton histoire. Depuis le début."

La maigre a ricané.

Ça m'a mise en rogne. J'avais compris que quelque chose ne tournait pas rond, mais je croyais que c'était eux qui voulaient me faire marcher. C'est pourquoi je crois avoir été assez arrogante quand je leur ai expliqué que Mark viendrait demain et qu'on pourrait éclaircir les choses le moment venu. Maintenant je voulais voir la chambre pour me reposer avant d'échanger des familiarités. J'étais assez fatiguée à cause du décalage horaire.

Ils ont pété les plombs. Un mec aux cheveux foncés arborant une barbichette ridicule a lancé d'une voix stridente : "Ecoute ma petite, avant de repartir. On habite ici à huit. Aucun ne s'appelle Mark Whitman. L'une d'entre nous a été assez stupide pour fréquenter un mec qui prétendait avoir ce nom. En réalité, il s'appelle Mats Johansson, mais quand on s'en est rendu compte il avait déjà habité ici pendant une semaine et dépensé la moitié de la bourse d'études de sa nana. Il a encore piqué un tas d'autres trucs quand il s'est cassé. Chacun d'entre nous en a eu pour ses frais. Depuis, il prétend habiter ici et nous envoie des gens qui tombent dans le panneau – et croient qu'ils peuvent loger chez nous."

La fille rousse avait pendant toute la scène fixé le sol. C'était sans doute elle qui avait été assez stupide.

"Mais… mais… est-ce que je peux au moins rester jusqu'à ce qu'il vienne ?" ai-je demandé beaucoup moins sûre de moi. "Je dois quand même lui parler !"

Ecouter objectivement les deux parties du conflit, ha ha. Apparemment, j'avais oublié mon cerveau à la consigne de la gare centrale de Stockholm quelques jours auparavant.

La maigre s'est levée d'un bond et a agité les mains d'une manière dramatique, j'aurais pu jurer qu'elle avait des ambitions hollywoodiennes.

"Mais tu piges rien du tout ou quoi ? Tu crois qu'il oserait se pointer ici ? En plus, il est certainement trop occupé à draguer des nanas comme toi en Suède !" a-t-elle dit en me jetant des regards furieux d'en bas. Je mesurais à peu près cinquante centimètres de plus qu'elle. Si je n'avais pas été si crevée, j'aurais éclaté de rire. Elle ressemblait à un nasique.

"Combien est-ce qu'il t'a piqué ? Est-ce qu'il t'a dit qu'il connaissait un producteur ? Ou est-ce qu'il t'a fait son numéro du "billet établi presque au même nom" ? Ce jeu, il le monte avec un pote d'une agence de voyage. Je ne sais pas si Mats est tout simplement mythomane ou s'il gagne sa vie en arnaquant les gens. Probablement les deux en même temps, mais il est vraiment doué pour le mensonge. C'est un escroc. A ta place, je lui mettrais la police suédoise aux fesses. Nous, en tout cas, on ne peut rien pour toi", a dit l'autre garçon qui venait également du sud de la Suède et qui s'était tu jusque-là. Il avait l'air un peu plus sympa que les autres.

Le brouillard se dissipait lentement. Maintenant il fallait sauver ce qui pouvait encore l'être. Mais je n'allais sûrement pas laisser ces types se régaler en me voyant humiliée.

"Je suis venue ici pour chercher du boulot, mais pas au siège d'une société de film de merde ! ai-je dit. Ça prendra sans doute quelques jours avant que je ne trouve une place en tant que serveuse. Est-ce que je peux au moins rester jusqu'à demain ?"

La barbichette a haussé les épaules.

"Tu peux demander à Conchita ! a-t-il répondu. Pour quelques dollars elle te réservera sans doute un coin. C'est la vieille Mexicaine qui traîne dehors. C'est elle qui tient la maison pendant que le proprio est en Europe. Elle habite dans le garage.

— Dans le garage ?"

Le nasique s'en est mêlé une fois de plus. "Dans le garage oui ! Les femmes qui traversent clandestinement la frontière du Mexique prennent ce qu'il y a ! L'offre d'appartements pas chers n'est pas vraiment abondante dans cette ville, même si Mats t'a raconté autre chose. Nous qui n'avons que nos bourses d'études nous partageons une chambre à deux. Tout est occupé. No vacancies – capté ?"

J'ai soulevé mon sac à dos. C'était sans espoir. Connards, me suis-je dit pour éviter de penser à Mark.

Mats.

"Tu peux peut-être dormir à l'auberge de jeunesse dans Second Street, a proposé le Suédois du sud. Mais on n'a vraiment pas de place pour toi ici !"

Pendant qu'il me notait l'adresse, le nasique et moi n'arrêtions pas de nous fixer. Puis il a sorti une carte sur laquelle il a marqué l'endroit où se trouvait l'auberge, comment on allait dans le centre et où il y avait des banques. Il a même marqué le nom de l'université. C'était complètement inutile. Je n'étais pas une de ces étudiantes étrangères débiles et je n'avais pas l'intention de recroiser ces idiots. Ça devrait être possible dans une mégapole comme LA. Quand j'ai marché en direction de la grille, Conchita était en train de bavarder en espagnol avec une petite fille qui portait une robe blanche. La fille tenait dans ses mains les bretelles d'un enfant encore plus petit.

Mon Dieu, est-ce que c'était toute une famille qui vivait dans ce garage ?

Je me suis promenée sans but précis jusqu'à ce que je découvre un bus bleu qui allait à "Santa Monica, Centre". Là-bas, j'ai vite trouvé un distributeur qui acceptait les cartes Visa. Mark m'avait volé deux mille couronnes, sans compter le billet. Je ne reverrais plus jamais l'argent qu'il avait voulu échanger pour moi. Mais il me restait environ six mille. Avec ça et en me serrant la ceinture je devais pouvoir me débrouiller pendant plusieurs semaines. Entre-temps, je trouverais certainement un boulot.

J'ai mis la carte dans le distributeur.

Le compte était vide.

Je n'avais qu'une seule envie : m'allonger par terre et mourir.

NO GRAND HOTEL !

Après ce choc, j'ai passé plusieurs heures à glander sur un banc sur la plage de Santa Monica. Allongée sur le dos, je fixais les palmiers d'un regard apathique. La vue et le temps étaient tels que je me les étais toujours imaginés chez moi devant la télé, maudissant la pluie incessante et brûlant d'envie de partir.

Un détail embarrassant après l'autre venait ternir mon souvenir de ces journées passées à Stockholm en me tirant la langue à moi, Linnea A. Nilsson. A comme Andouille. Bien sûr que Mark avait complètement vidé mon compte à Arlanda. Il m'avait tendu deux mille sous le nez pour les empocher aussitôt. Pourquoi ne l'aurait-il pas fait ? J'étais là, fraîchement séduite et le cœur pur, je l'avais même encouragé à m'arnaquer.

Mais… Il m'a invitée, m'a tout payé, il était issu d'une famille aisée si j'avais bien compris, non ? J'ai fait travailler mon cerveau fatigué à une vitesse supérieure. "Inviter", tu parles ! Il fallait bien qu'il appâte sa proie ! Et comment pouvais-je savoir que sa famille était riche ? Qui me dit que cette maison appartenait vraiment à son oncle ? Juste parce qu'il était passé par-derrière et qu'il avait ouvert la porte de l'intérieur ? Et cette fenêtre de la terrasse soi-disant cassée par des cambrioleurs ? Il fallait se rendre à l'évidence… il avait fait de moi sa complice.

Autour de moi, des gens se prélassaient sur le gazon vert émeraude. Ils dormaient ou se faisaient bronzer. Quelques-uns avaient l'air de gens normaux qui s'offraient un moment de plaisir. D'autres étaient de toute évidence des clochards. Des sans-abri. Ils portaient des vêtements déchirés et tenaient des chariots pleins de paquets sales et gris. Je supposais qu'ils avaient volé les chariots pour transporter leurs rares effets personnels que les éboueurs emmèneraient s'ils n'y prenaient pas garde. C'était dingue. Je n'avais jamais vu de maisons plus chics que celles qui se trouvaient de l'autre côté de la rue. Des portiers se tenaient debout devant chaque entrée.

J'avais aperçu cette plage fantastique et cette longue jetée dans Dieu sait combien de films et de séries télé.

Mais dans ces films, il n'y avait ni clochards ni chariots.

Je n'avais pas non plus l'impression que beaucoup de gens venaient ici pour se baigner. L'eau était sûrement poisseuse.

Toute ma vie était poisseuse. J'avais en urgence besoin de serviettes hygiéniques. Et de toilettes. Et de quelque chose à manger. Et d'un endroit pour dormir. Et d'une infirmière qui m'emmènerait dans le cabanon le plus proche puis tournerait soigneusement la clé derrière moi. Je ne savais pas si je représentais plus un danger pour moi-même ou pour les autres.

Il me restait quelque neuf cents couronnes, plus vingt dollars du billet de cinquante. Ça devait suffire pour un hamburger et un paquet de serviettes hygiéniques. Si jamais je me tuais en sautant de la jetée les bras écartés, ça serait avec le ventre plein et un *Always* dans le slip. Comme ça, au moins, je ferais un beau cadavre soigné. Je n'avais pas envie de mourir de faim ou d'hémorragie parmi les clodos.

Résignée, je me suis traînée jusqu'au MacDo où j'ai acheté un hamburger pas cher, piqué du PQ et demandé si je pouvais éventuellement travailler chez eux. Ils ont rigolé et ont voulu savoir si j'avais un permis de travail. "Green card ?" ont-ils dit en se moquant de moi et en se touchant le front pour me faire comprendre que j'étais cinglée.

Je suis allée échanger mes couronnes suédoises, puis j'ai acheté un paquet de serviettes hygiéniques tout en réfléchissant à la possibilité de passer la nuit à l'auberge de jeunesse. Je me suis même rendue là-bas. Le bâtiment, que j'ai regardé pendant un moment de l'autre côté de la rue, était peint en blanc, bien entretenu et avait l'air confortable. Mais quand je me suis renseignée à la réception sur le prix de la nuit, je voyais bien que je ne pourrais pas me l'offrir avant d'avoir un boulot.

Dormir dehors ? Vu de Suède, c'était pourtant la canicule ici. En aurais-je le courage ? Même les clochards ne dormaient pas entre dix heures du soir et cinq heures du matin, tout simplement parce qu'il était interdit de mettre un pied sur le gazon à la plage. La police prohibait la fréquentation des lieux publics pendant la nuit – j'avais vu le panneau. C'était sans doute pour ça qu'ils dormaient le jour.

A la fin, j'ai fait la seule chose qui me venait encore à l'esprit.

Je me suis débrouillée pour retrouver la maison où Mark avait prétendu habiter. J'ai mis une heure et demie avant d'attraper le bon bus. Je me suis glissée dans le jardin et j'ai frappé à la porte du garage.

Conchita a sorti la tête. "Yees ?" a-t-elle dit.

Elle ne savait qu'extrêmement peu d'anglais. Mais après que j'ai imité quelques bâillements et ronflements en montrant du doigt l'obscurité du garage, elle a fait oui de la tête et m'a laissée entrer. "Five dollars ! a-t-elle dit. No Grand Hotel !" Son sourire a dévoilé le creux entre ses dents.

Conchita vivait dans le garage avec ses trois enfants. Ils étaient assis sur une chose qui ressemblait à une banquette arrière au rebut et m'observaient, curieux. Conchita avait accroché des draps sur quelques fils tendus. Un robinet sortait d'un des murs, un peu plus loin j'ai vu un réchaud à gaz posé sur un tabouret. La cuisine.

Elle a tendu la main et je lui ai donné les cinq dollars. Une nouvelle fois, elle m'a montré un sourire qui a fait apparaître le trou entre ses dents. Puis elle a entassé quelques coussins sales dans un coin et a mis une couverture dessus. La fille a commencé à ronchonner, apparemment c'était sa couverture. En tout cas, elle sentait bien la pisse.

Un seau placé derrière l'un des draps servait de toilettes.

Un peu plus tard, Conchita m'a invitée à manger une soupe épicée et super bonne, préparée avec des ingrédients indéfinissables. Il ne me restait qu'à espérer qu'ils étaient compatibles avec la bouffe d'avion. Le moment aurait été mal choisi pour avoir des problèmes digestifs.

Ces connards de Suédois dans leur grande maison ne m'avaient même pas offert un verre d'eau.

Après le repas, j'ai essayé de m'installer sur les coussins qui n'arrêtaient pas de glisser sous mes côtes.

Dehors il faisait noir. J'ai regardé ma montre. En Suède, il devait être six heures et demie. Du matin.

Bientôt maman réveillerait Knotte, lui préparerait un cacao et lui dirait qu'il ne devait pas oublier son sac de sport.

VAUT MIEUX BIEN FERMER LES PORTES DE TA VOITURE !

Je suis restée trois nuits chez Conchita. Pendant la journée, je faisais mes tristes tournées pour trouver un boulot. Pour des raisons incompréhensibles, je m'étais mis dans la tête de tenir bon à LA. jusqu'à ce que mes ongles se mettent à saigner – ou au moins jusqu'à ce que quelqu'un à la maison se rende compte que j'avais disparu. N'avais-je pas écrit, crâneuse : "Je vous contacterai dans une semaine." Cinq jours s'étaient écoulés depuis. Donc pas encore de conversation téléphonique larmoyante avec la patrie, malgré le fait que les cabines téléphoniques semblaient hurler vers moi à chaque fois que je m'en approchais.

Vous imaginez bien ce que j'ai mangé. La bouffe n'était pas chère, c'est sûr – je me nourrissais de hamburgers et de bagels au fromage – mais le moindre ticket de bus coûtait une petite fortune, le moindre passage aux toilettes, tout. Et j'avais toujours soif, il faisait tellement chaud. Il fallait acheter l'eau en bouteille, si on voulait la boire.

Sur ma carte, la ville paraissait petite. Comme si on pouvait se déplacer à pied, mais en vérité chaque quartier faisait plus d'un demi-mille.

J'entrais dans tous les bars qui se trouvaient sur mon chemin pour demander s'ils cherchaient quelqu'un. Bien sûr pas dans les restaurants chics en bas sur la plage ou dans la Fourth Street, ils ne m'y auraient même pas acceptée en tant que cliente. Avec mes pleurnicheries j'ai cassé les pieds à nombre de serveuses stressées qui n'avaient rien d'autre à m'offrir qu'un bref hochement de tête. Les propriétaires étaient rarement là.

Evidemment, je ne suis pas allée visiter Hollywood. A la place, j'ai feuilleté les cartes postales vendues sur les stands de la plage. Ça me permettait de voir en petit les lettres *HOLLYWOOD* accrochées sur la montagne.

Une fois, alors que je longeais le Pico Boulevard, une rue qui semblait être aussi longue que l'E4 en Suède, j'ai découvert le Santa Monica College. C'était là que Messieurs et Mesdames les Morveux faisaient leurs soi-disant études. Poussée par la curiosité, j'y suis entrée et ça s'est révélé être un vrai coup de chance.

Le terrain était aussi large que la moitié de ma ville d'origine. Des maisons blanches et basses s'alignaient, séparées par des gazons, des palmiers et des petites cours sur lesquelles les étudiants pressaient leurs pas pour aller d'une leçon à l'autre. J'ai pris place à la cafèt et j'ai commandé une salade pas chère. Ensuite je suis passée aux toilettes. Il était encore tôt le matin. Une femme d'âge moyen se tenait devant un lavabo. Elle se lavait les cheveux et le torse. Quand elle a eu fini, elle s'est séchée avec une serviette et a mis un chemisier blanc. En se glissant par la porte, elle m'a jeté un regard de côté.

J'ai constaté qu'il y avait un tas de Suédois sur le campus. Ce n'était pas difficile de les distinguer dans la foule, ne me demandez pas pourquoi. J'en ai abordé quelques-uns à la cafèt et ils avaient l'air de se réjouir de rencontrer une nouvelle arrivée. Ils m'ont raconté un tas d'histoires, aucune idée si tout ce qu'ils m'ont sorti était vrai. Par exemple qu'on ne devait pas s'aventurer dans certains quartiers appartenant à certaines bandes. Que ces quartiers étaient pourtant assez loin du centre de Los Angeles avec son ghetto agité, souvent touché par des incendies. Que la femme que j'avais vue se sécher les cheveux dans les toilettes faisait sans doute partie des sans-abri. Elle habitait peut-être dans sa voiture. Beaucoup de gens vivaient comme ça, ont-ils affirmé, même des femmes ordinaires divorcées avec leurs gosses mais sans boulot, qui ont dû quitter leur foyer sans vouloir loger à l'hôtel, préférant camper avec armes et bagages dans leur voiture garée là où ils avaient habité auparavant. Et de temps en temps elles pénétraient dans des toilettes publiques pour se laver.

Une histoire à faire frémir m'a particulièrement impressionnée. C'est une fille frêle de Malmö qui me l'a racontée avec son dialecte du sud. L'histoire parlait de deux bandes de jeunes à LA, les Crisps et les Bloods. Une fille suédoise, a-t-elle expliqué, s'est arrêtée à une station-service. Quand elle est entrée dans le kiosque pour payer, le propriétaire l'a entraînée derrière le comptoir et l'a jetée sur le sol. Elle s'apprêtait à crier, quand elle a vu qu'il appelait la police. Les policiers sont arrivés, les armes au poing, et ils ont ouvert la porte arrière de sa voiture. A l'intérieur, il y avait un mec noir avec un grand couteau. Il s'était glissé dans la bagnole pendant qu'elle prenait de l'essence. Il s'agissait d'un mec qui voulait devenir membre des Bloods et pour ça il fallait qu'il viole et tue une femme blanche... "Donc vaut mieux bien fermer les portes de ta voiture ! a dit la fille. Ils peuvent te dévaliser quand tu t'arrêtes au feu rouge !"

Les portes de ma voiture !

Hum. Le seul qui m'avait arnaquée jusque-là était un Suédois du nom de Johansson et la seule qui avait été sympa avec moi s'appelait Conchita.

Mais en gros, les gens au College étaient plutôt sympas eux aussi. Ils me laissaient toujours manger leurs restes. Par contre, ils se sont moqués de moi quand je leur ai dit que je cherchais du boulot, mais que je n'avais ni Green card ni permis de travail. "Le travail ne manque pas dans ce pays, a rigolé une fille aux cheveux bruns. Les gens ont tous plusieurs boulots à la fois ! Le hic c'est que ce n'est pas forcément rémunéré. Je veux dire, les esclaves dans le Sud avaient aussi un tas de boulots ! Ce n'était pas le chômage qui leur posait des problèmes !"

Je suis venue plusieurs fois au College et après quelques jours dans cette chaleur lourde, je ne me gênais plus pour me laver les cheveux aux toilettes des étudiants avec un savon oublié. J'avais le sentiment de sentir de plus en plus comme les clodos.

Mon moyen de transport préféré était le bus. Mais même le bus mettait presque une demi-journée pour remonter un de ces longs boulevards. Quelques voyageurs dormaient comme des morts à leur place, un autre monologuait avec lui-même. La plupart étaient noirs ou latinos. Ils avaient tous l'air plutôt pauvres. Sans doute parce que ceux qui n'étaient pas dans la merde jusqu'au cou possédaient une voiture. En tout cas, aucun d'entre eux ne m'a importunée.

Dans les séries, je n'avais jamais vu de bus, me suis-je tout à coup rendu compte.

Parfois je tombais sur un *Los Angeles Times* ou sur d'autres journaux sur les bancs aux arrêts de bus et j'essayais péniblement de lire un ou deux articles. Dans l'un ils disaient qu'à Los Angeles il y avait tout le temps des garages qui brûlaient, à cause des nombreuses familles qui y habitaient. Un autre expliquait que les hommes blancs de langue anglaise étaient en minorité dans la ville et qu'on devrait interdire l'école aux enfants de ceux qui sont venus clandestinement dans le pays.

Je me demande si Conchita était au courant. J'avais compris qu'elle était venue pour donner à ses enfants la chance de pouvoir aller à l'école. Le soir, on tentait parfois de communiquer – ce qui n'était pas tout à fait simple. On a quand même beaucoup rigolé. Mais peut-être qu'elle le savait, elle écoutait tout le temps des émissions de radio en espagnol. J'ai dû lutter pour pouvoir écouter de temps en temps les infos en anglais.

Bref – vu de près, cette ville n'avait que très peu à voir avec "Melrose Place".

Ça m'a assez stressée. LA signifiait pour moi des cocktails à fleurs, Pamela Anderson en bikini et cette blonde à la mâchoire inférieure avancée dans "Beverly Hills". Et pas des enfants café au lait mignons qui habitaient dans des garages et ne pouvaient pas aller à l'école.

J'aurais opté pour le monde de "Beverly Hills" si j'avais eu le choix, qui ne l'aurait pas fait ? Ce monde existait – comme Hollywood, Disneyland et tous ces endroits à LA inaccessibles pour moi, car je ne pouvais même pas m'offrir le trajet en bus pour y aller.

J'ai tenté de trouver un boulot dans un des bars qui se trouvaient près de la jetée. Ç'aurait été vachement cool de travailler là-bas. Ce quartier était un véritable parc d'attractions avec une foule qui se promenait partout. Mais comme d'habitude, j'ai encaissé des non catégoriques. Découragée, je me suis finalement assise à l'ombre d'un parasol en sirotant un *slush*, un jus terriblement bon avec des glaçons.

En bas sur la plage, quelques femmes avec leurs gosses pataugeaient dans l'eau peu profonde. Elles gardaient leurs vêtements en se baignant. A croire qu'elles non plus n'avaient pas de jacuzzi dans leur salle de bains.

Un vieil homme bien soigné à la peau blanche, portant un chapeau kaki, une cravate et des vêtements propres et élégants, est venu à ma table et m'a abordée. J'avais du mal à comprendre ce qu'il disait. D'abord, je croyais qu'il faisait une collecte pour une œuvre charitable, puis j'ai capté qu'il mendiait. Un vieux monsieur distingué, un retraité. Ça m'a complètement bouleversée, mais je n'avais rien à lui donner.

Bientôt je ne pourrais même plus m'offrir un *slush*, le krach s'annonçait apocalyptique.

UN BOULOT POUR LES INCREVABLES

Le cinquième jour à LA j'ai trouvé du travail. J'ai trouvé du travail. Et par-dessus le marché, j'ai trouvé un logis.

Mais il y avait un hic.

Il s'agissait d'une place de plongeur dans un petit snack-bar où on servait surtout de la bouffe mexicaine. Et le logis consistait en un lit de camp dans un "mobile home" garé dans l'arrière-cour du resto.

Voilà le hic : le salaire était tellement bas qu'en gros tout passait dans le loyer. Pas très étonnant en fait que la place ait été libre. C'était un boulot pour les increvables. Pour ceux qui ne vivent que pour survivre.

Je pensais à mon idée fixe sur "le sens de la vie" de l'automne dernier. Ce boulot me donnait une sérieuse raison de me poser cette question.

Je pouvais piquer des trucs à manger dans la cuisine. Le cuistot m'en a plusieurs fois collé une avec sa serviette, mais il ne semblait pas trop s'y opposer. La bouffe était épicée, bonne et monotone. Je remarquais pour la première fois que j'avais un ventre. Celui-ci en avait apparemment marre de moi et tentait de vivre sa vie ailleurs.

N'ayez pas peur, je n'entrerai pas dans les détails, je ne vous dirai ni comment mon ventre fonctionnait ni à quoi ressemblaient les toilettes, je ne vous parlerai pas des cafards que je voyais courir dans la cuisine pendant que je m'empiffrais de cette bouffe dégueulasse. Je me souviens que je me disais que si je restais plus de quelques semaines là-bas, je n'aurais plus qu'un seul message à envoyer chez moi : le procès-verbal de mon autopsie. Mais il fallait que je reste quelques semaines.

Dès le premier soir, mes mains étaient bouffies et criblées de petites plaies. L'eau avec laquelle je lavais la vaisselle était un véritable bouillon de culture pour bactéries. Je n'avais pas le droit de la changer avant qu'elle ne ressemble à de la purée. De toute façon, je n'en avais pas le temps, ils n'arrêtaient pas de me hurler dessus. C'est pourquoi je suis tombée dans mon lit comme assommée à la fin de ma première journée de travail.

A part moi, il y avait une deuxième fille qui habitait dans le mobile home, ce taudis à quatre roues, une serveuse. Elle était grande et noire, apparemment elle éprouvait de la sympathie pour moi, puisqu'elle faisait oui de la tête à chaque fois que je jetais un regard dans sa direction. Par contre, elle parlait une langue que je ne connaissais pas, je n'ai donc rien appris sur elle, même pas son nom. La plupart du temps, elle restait assise dans son coin en souriant tristement ou en lisant des listes de tirage. Elle semblait dépenser tout son argent pour des billets de loterie.

J'ai tenu à peine trois jours. Le troisième jour, j'ai eu le malheur de poser une main sur une plaque brûlante. En quelques secondes une ampoule aussi grosse qu'un œuf s'est formée sur la partie charnue de mon pouce. Une Black du nom de Cheryl – si j'ai bien compris – m'a collé un énorme pansement sur la main en me disant de continuer à laver. J'ai obéi en grinçant les dents. L'ampoule me faisait horriblement mal. Très vite, le pansement s'est envolé, mais je ne pouvais pas vraiment me tourner vers l'inspection du travail.

Le propriétaire m'a finalement vue en train d'essayer de laver la vaisselle avec une main et un coude.

Il m'a mise à la porte. Sur-le-champ.

Hmm. Ça m'a probablement sauvé la vie.

Je n'avais plus de boulot ni d'endroit pour dormir. Retourner chez Conchita était hors de question. Je risquais de croiser le nasique et après notre dernière confrontation je préférais ne pas m'approcher d'elle à moins d'un kilomètre.

C'est qu'elle m'avait guettée devant la grille, quand je suis définitivement partie avec mon sac à dos. Elle avait un truc à me dire, comme elle a expliqué. Ici on accorde beaucoup d'importance au partage.

“Ecoute ! a-t-elle lancé. Moi à ta place, je ferais un test HIV. le plus vite possible. Tu sais, Mats s'est tapé tous les mecs…”

Je n'avais pas le sentiment qu'elle disait ça parce qu'elle se faisait du souci pour moi. Ce n'est que quelques rues plus loin que la pensée m'a frappée comme la foudre. Elle avait voulu dire que Mark était bisexuel.

J'aurais dû la jeter par terre, là où elle était, pour échanger des liquides corporels avec elle. Peu importe comment ça se passe entre filles.

Mais non, je continuais à arpenter les rues, sans but, les yeux embués de larmes, en colère. Je me suis perdue et il m'a fallu une demi-journée pour retrouver le centre de Santa Monica.

J'étais donc à nouveau en route avec mon sac à dos qui ne contenait plus que du linge sale. Du linge particulièrement sale. Et ma main qui brûlait comme du feu.

Personne ne pouvait exiger de moi de tenir plus longtemps, même pas moi-même. Le moment était venu de battre en retraite, la petite queue coincée entre les jambes.

J'aurais pu m'offrir plus de plaisir pour mes quinze mille couronnes.

Il me restait encore quarante-six dollars. Avec ça, je suis allée dans un supermarché qui rétrogradait le magasin suédois moyen au rang de kiosque. C'était un hangar géant où s'alignaient des étagères de cinq mètres de haut, exposant trente mille variantes et marques des produits les plus insignifiants. Les chariots auraient pu abriter toute ma famille. A manger, à manger partout : mon ventre maltraité commençait à se nouer de désespoir. Il m'a fallu une demi-heure pour trouver un paquet de pansements, c'était tout ce que je pouvais m'offrir.

Tout d'un coup, la résignation m'a inspiré une idée.

CHAMBRE D'AMIS FLEURIE PART EN FUMÉE

Mon papa était déjà venu dans la région. Il avait travaillé sur une sorte de projet informatique pendant toute une année et avait fêté Noël chez un ami à LA, un genre de directeur de recherche. J'avais toujours les coordonnées de ce mec dans mon carnet d'adresses, parce que maman avait insisté pour que j'envoie une carte de Noël à papa cette année-là. Ça remontait à environ cinq ans. Non que je croie que ce mec savait qui j'étais, papa avait des centres d'intérêts plus importants que la fille de son ex-femme et n'avait guère l'habitude de distraire ses collègues avec des histoires sur moi. Mais si j'avais de la chance, le mec se souviendrait peut-être de papa. Et j'étais à bout de forces.

Une fois de plus, je suis passée au College. Là-bas, ils ont un petit bureau de renseignements et d'aide pour les étudiants. Les filles qui y travaillent peuvent être sympas et ne pas demander qu'on leur montre une carte d'étudiant. Elles m'ont aidée à trouver le numéro de téléphone du collègue de papa, qui s'appelait Banks. C'était un numéro de portable. Et il a décroché. Il a été super gentil et m'a dit que ce serait vachement sympa de rencontrer la fille du bon vieux Dan. Si je venais chez lui, ils m'inviteraient au resto avec sa femme et je pourrais lui donner des nouvelles du bon vieux Dan.

Ça ne me prendrait pas beaucoup de temps. Je vois papa deux, trois fois par an. Mais Banks pouvait difficilement le savoir.

J'ai accepté l'invitation et il m'a décrit en détail quel bus je devais prendre et comment je devais ensuite continuer à pied.

Juste après je me suis consacrée corps et âme au projet "rénovation corporelle". Je me suis lavée, tant bien que mal dans les toilettes publiques, comme les autres sans-abri. Dans mon sac à dos, j'ai déniché un dernier chemisier propre, même s'il était un peu froissé. J'ai tenté de faire disparaître les taches sur mes shorts. J'ai lavé mes cheveux raides et gras et j'ai mis un nouveau pansement sur ma main palpitante. Toutes sortes de rêves roses défilaient entretemps dans ma tête sur la façon dont ce couple américain, charitable et d'âge mûr, m'accueillerait devant leur porte à bras ouverts et me guiderait sur-le-champ dans une chambre d'amis, que je m'imaginais fleurie, équipée d'une télé et ornée de rideaux blancs à volants. Haha. Que personne ne vienne me dire que je ne suis pas optimiste.

Le trajet en bus a pris presque deux heures. Mon sac à dos m'accompagnait comme toujours. Je n'avais pas d'endroit où le déposer.

Le couple Banks habitait une villa blanche dans la périphérie de Shermanoaks, un quartier aisé de la classe moyenne avec de larges rues. La maison se trouvait au pied d'une colline. Elle était entourée sur trois côtés d'une grande terrasse d'où l'on avait une vue sur toute la ville jusqu'à la forêt de gratte-ciel qui se dessinait au loin, enveloppée dans les nuages. Maman et papa Banks ont fait une moue assez sceptique, quand ils m'ont vue arriver avec mon sac à dos. J'avais la vague impression que la cote de popularité de papa chutait brusquement. Je me suis lancée dans une explication compliquée, comme quoi j'avais joué au tennis avec des amis et que je n'aurais pas eu le temps de rentrer "à la maison" pour me changer. Eux-mêmes, ils avaient mis des fringues genre Cool & Elégant, pour cette rencontre avec une jeune Européenne. Une chemise blanche déboutonnée en haut et un foulard classe pour lui, un tailleur-pantalon en tissu fin et flottant pour elle. Elle m'a offert un cocktail, sans fleur mais avec un fort pourcentage d'alcool. Cela explique au moins en partie pourquoi je me suis comportée de manière aussi provocatrice plus tard dans la soirée, en gâchant toute chance de dormir dans une éventuelle chambre d'amis, fleurie ou pas !

Banks a montré du doigt certains endroits de la ville qui s'étalait devant nous et voulait savoir quels bâtiments je reconnaissais. S'il avait su qu'une cuisine sale pleine de cafards était plus ou moins la seule chose que j'avais vue de LA !

"Il y a quelques années on pouvait voir d'ici la fumée des incendies *downtown*, quand les gens ont mis feu à leurs propres baraques pendant les émeutes.

C'était très désagréable. Parfois, il arrivait même que des flocons de suie s'envolent jusqu'ici. Ils ont fait des taches sur ma voiture à l'époque, une BMW blanche…

— N'aviez-vous pas peur que le feu puisse se répandre jusqu'à votre quartier ?

— Mais non ! Ceux-là, ils ne sortent jamais de leur quartier. Ils ne sont même pas capables de lire une carte. Ils ne sont jamais venus jusqu'ici. Et en plus, on a des entreprises de sécurité très efficaces !"

Je n'ai rien répondu. A ce moment-là, je n'avais pas encore commencé à me mettre en colère. Ce n'est venu que plus tard dans la soirée.

On n'est pas restés plus d'un quart d'heure dans leur maison. Puis on a pris place dans leur BMW, bleu foncé cette année, pour aller au restaurant. C'était un restaurant assez simple, ils avaient eu une dispute à voix basse à ce sujet sur leurs sièges avant. Je parie que si j'avais moi aussi porté un tailleur-pantalon, ils auraient fait un choix plus généreux. Mais ça m'était complètement égal. Les toilettes étaient magnifiques, en marbre rose.

Je n'ai pas osé me regarder dans la glace. Le miroir se serait sans doute brisé.

On a parlé pendant un certain temps du bon vieux Dan et des différences entre les lycées américains et suédois. Le sujet de conversation suivant tournait autour de la hausse des prix, alors qu'ils ne cessaient de remplir mon verre d'un vin rouge excellent. Mr Banks s'est plaint du coût exorbitant de son assurance auto et je me suis rendu compte que si je continuais à travailler au noir à LA, je ne pourrais même pas m'offrir l'assurance pour un rétroviseur. A condition d'avoir les moyens de m'en acheter un. Ils ont tous les deux exprimé leur inquiétude par rapport à mon pansement et Mrs Banks m'a donné le nom de son médecin. J'ai marmonné quelque chose comme quoi je n'avais pas d'assurance maladie américaine et que j'irais peut-être dans un hôpital public. Tous deux ont tressailli et m'ont fixée comme si j'avais pété au dessert.

"Mais tu ne peux pas faire ça ! Ça ne se fait pas ! Personne ne fait ça !"

Il s'est avéré que "personne" n'allait non plus dans des écoles publiques normales, que les Etats-Unis étaient en train de dégringoler et que la criminalité gagnait de plus en plus de terrain ! Ce serait avant tout la faute des impôts élevés payés pour aider des gens qui croyaient ne pas être obligés de travailler. Enfant, Mr Banks accompagnait parfois son papa *downtown* pour regarder les ivrognes, en guise d'exemple à ne pas suivre. Aujourd'hui, il y aurait des sans-logis même dans les rues de Shermanoaks et de Glendale. Ils se répandraient comme un putain de virus ! Contamineraient tout le pays ! Et les jeunes d'aujourd'hui ne penseraient à rien d'autre qu'aux drogues et au se…

Mrs Banks l'a interrompu en le priant de se calmer un peu. Elle a détourné la conversation sur les *charities*, des projets de charité, pour lesquels elle sacrifiait de temps en temps quelques heures par semaine. Elle faisait des tartines dans un refuge pour sans-abri. Elle a déblatéré un speech assez confus sur la charité, ensuite elle s'est perdue dans des louanges sur une dame de son entourage, qui faisait des tartines avec elle, bien qu'elle soit mariée à un milliardaire.

J'ai explosé. "Pourquoi ne dit-elle pas tout simplement à son mari de lâcher un petit milliard pour construire des maisons pour les pauvres ou pour faire en sorte qu'ils aient un travail ? Quand ils ont mangé le pain, ils sont toujours dans la même merde qu'avant ! Elle pourra continuer à faire des tartines au beurre si elle a envie d'être charitable !"

Adieu, chère chambre d'amis. Même s'ils n'avaient de toute façon pas prévu de me l'offrir. Mrs Banks s'est bien évidemment figée quand elle a vu sa bonté remise en question de manière aussi brutale. Mais apparemment j'étais à ce moment-là remplie par l'idée (remplie dans les deux sens) de pouvoir la convaincre. Au bout du compte, ils m'avaient invitée au resto et je trouvais qu'on s'était vraiment rapprochés et qu'on pouvait mener une discussion sérieuse !

Je me suis donc lancée dans une longue tirade sur les soins dans les hôpitaux suédois et les allocations et blabla et je n'ai fait une pause qu'au moment où j'ai trébuché sur le mot "bourse de formation pour adultes" dont je ne connaissais pas l'expression anglaise. Dans mon état, j'aurais eu du mal à dire le mot en suédois. Au début, Mr Banks tentait encore de me contredire. Il a tiré une moue dédaigneuse en parlant de "mauvais signaux" et en expliquant qu'il fallait faire barrage aux parasites.

“Même en Suède on commence peu à peu à comprendre ça, je me trompe ?” a-t-il dit en souriant méchamment.

Alors je leur ai raconté ce que j’avais vraiment vécu à LA, le restaurant et Conchita. Quel genre de signal on donne aux enfants de Conchita, s’ils n’ont pas le droit d’aller à l’école ?

Tout d’un coup, il y a eu un silence de mort autour de la table.

Je me suis rendu compte qu’on n’était visiblement pas aussi proches que j’avais cru. Ils ont échangé un regard qui en disait long et il était clair qu’ils auraient aimé me voir quelque part au fond du Santa Monica Bay, les pieds coulés dans du ciment. Je me suis mise debout, légèrement vacillante, et je les ai remerciés le plus gentiment possible pour le repas. Il était temps pour moi de prendre le bus pour rentrer “chez moi”, le repas avait été très bon, le vin aussi, papa les remercierait sûrement. Ce bon vieux Dan. Ensuite j’ai mis les voiles. J’avais l’impression de planer dix centimètres au-dessus du sol, et la hauteur me donnait le vertige.

Mrs Banks m’a emboîté le pas, ses talons hauts claquaient et son pantalon flasque flottait.

“Ton sac à dos est encore dans notre voiture, a-t-elle dit. On t’emmènera bien sûr jusqu’à l’arrêt de bus. Il ne me serait jamais venu à l’esprit de prendre le bus le soir à Los Angeles, mais tu sembles savoir comment il faut faire !”

Même moi, j’ai capté que c’était une méchanceté de plus. Mais je m’en fichais, heureuse qu’ils ne me proposent pas de me ramener “chez moi”.

Dans la voiture, personne n'a ouvert la bouche. Il n'y avait rien à dire. Au moment des adieux, j'ai dit à l'adresse de Mrs Banks :

"On se reverra peut-être, qui sait ? Un jour, vous ferez des tartines pour moi !" Je trouvais que c'était une méga blague, mais elle ne paraissait pas être du même avis.

DES PERSONNES DISTINGUÉES ET INVISIBLES

“Je déteste les riches, mis à part peut-être Astrid Lindgren !” ai-je marmonné alors que je me trimbalais dans un bus gris métallisé vers Santa Monica. “L’argent ne réussit apparemment pas aux gens ! Ils se la pètent et ne pensent qu’à la manière d’en amasser davantage ! Ceux que je déteste le plus ce sont ces courtiers en bourse qui se contentent de miser de l’argent à gauche et à droite et qui se font une fortune sur le dos de ceux qui travaillent comme des malades. C’est qui les parasites dans tout ça ! Et de toute façon, les gens les plus écœurants sont ceux qui se vantent de préparer des tartines pour les pauvres !”

J’ai remarqué que j’étais toujours en train de me disputer intérieurement avec Mr Banks. A l’école, on a appris que ça s’appelait l’“*esprit d’escalier**”, “tout ce qui te vient à l’esprit, une fois que tu es sortie dans la cage d’escalier, quand c’est trop tard”.

Comparés à une grande partie de leurs voisins et de leurs amis, les Banks ne roulaient peut-être pas

* En français dans le texte. *(Note du traducteur.)*

sur l'or, mais la plupart des gens dans cette ville ne gagnaient même pas, et de loin, ce que les Banks avaient comme salaire. Et nous parlons là d'une ville riche et pas de Calcutta !

C'était typique des gens comme les Banks de s'inquiéter à cause de "mauvais signaux" et de parasites ! Les gens avec des parachutes dorés ou ceux qui spéculent en bourse peuvent se faire des millions sans remuer le petit doigt – mais là, personne ne parle de "mauvais signaux" ou dit qu'il "ne faut pas leur jeter l'argent en pâture" !

Tout indique que chez nous les choses évoluent dans le même sens. Banks était malin, il savait exactement où était mon talon d'Achille. En Suède, on ne permettrait pas non plus aux enfants de Conchita d'aller à l'école. On les aurait chassés du pays avant qu'ils ne puissent dire "garage".

Mais chez nous j'aurais – encore – au moins pu me rendre aux urgences. Ma main palpitait plus que jamais sous le pansement souillé.

"Personne" ne va dans un hôpital public, "personne" ne va dans une école publique, avaient-ils dit. Personne ? Tous ceux qui y allaient étaient-ils invisibles ? Ceux qui lavaient notre vaisselle dans les restaurants, qui nettoyaient les piscines ou qui longeaient les rues avec leurs chariots. Ceux qui en fait formaient la majorité, dans cette ville et partout ?

Les hommes riches sont visibles, ils s'exposent dans tous les journaux et à la télé et ils sont tellement présents en tous lieux. C'est eux que j'ai vus dans toutes ces séries télé, leurs piscines, leurs villas à la plage et leurs voitures. Et malgré le fait que la caméra d'"Alerte à Malibu" ait quasiment dû être montée dans un des chariots d'un sans-abri, je n'en ai jamais vu un seul s'allonger à côté avec son paquet de vêtements. Je me demandais ce que l'équipe du film avait fait de tous ces clochards – est-ce qu'ils les ont enfermés dans une cuisine où leur ont-ils donné de la soupe pendant le tournage ?

En Occident, un milliard de Chinois se font moins remarquer qu'une seule star de cinéma de merde. Ça a sûrement toujours été comme ça. Je veux dire, si on pense au temps des chevaliers, on a les chevaliers dans la tête et pas les troupeaux de paysans. Alors que ces derniers étaient beaucoup plus nombreux. Ils étaient juste les invisibles de leur époque.

Au même moment, un des invisibles est monté dans le bus. Un vieil homme grand, sale et ivre avec une barbe grise de trois jours. Il s'est installé à côté de moi et a bégayé quelques mots. Je n'ai pas compris ce qu'il disait, parce qu'il n'avait plus de dents dans la bouche. Tout d'un coup, il a posé sa main sur ma cuisse. Son sourire ne l'a pas rendu plus attractif et il puait comme un putois.

Malgré toutes les pensées nobles pour lui et ses amis invisibles que j'avais ruminées quelques secondes auparavant, je me suis lâchement sauvée du bus.

Pour m'égarer dans les rues.

Il n'est pas possible de se perdre sans arriver quelque part, me suis-je dit pour tenter de me rassurer. On descend toujours.

Bien sûr, on descend toujours ! Pia, elle, est descendue plusieurs pieds sous terre. Ne te laisse pas aller, Linnea !

Il ne devrait pas être trop difficile de s'y retrouver dans cette partie de Los Angeles, ai-je pensé. D'un côté il y a les montagnes, de l'autre côté le Pacifique. Et au milieu quelques boulevards. Sunset et Wilshire, Melrose et ainsi de suite.

Le problème était que je ne m'étais pas égarée sur un de ces boulevards. Là, j'aurais pu flâner le long des vitrines qui criaient carrément : "Prends la première brique que tu trouves et casse ces vitres ! Il faut que tu m'aies !" L'odeur des petits comme des grands restaurants te chatouillait les narines jusqu'à ce que les intestins se nouent tout seuls.

Par contre, quand on débarquait dans le mauvais quartier, on pouvait finir comme dans une de ces légendes urbaines que les jeunes du College racontaient à tous les nouveaux arrivants.

OK. Le moment était venu. C'était une question de vie ou de mort.

Primo : J'allais abandonner et rentrer à la maison.

Les gens disent qu'on ne peut pas fuir ses problèmes. Bien sûr que si ! Au fil des dernières semaines, tant de choses s'étaient passées que je me rappelais à peine les problèmes qui m'attendaient à la maison. Tricherie et vol à l'étalage, ah ah ! Montrez-moi un directeur ou un policier que je n'oserais défier – ils ne peuvent pas être pires que des cafards, des brûlures ou un manque de nourriture. Sans compter les gentlemen arnaqueurs.

Secundo : Il faut faire vite. Je n'ai pas envie de me casser la gueule quelques mètres avant la ligne d'arrivée.

Voilà ce que je me suis dit. J'ai tout de suite commencé à mettre en place une stratégie. J'avais un billet de retour, mais pas de réservation. Et les réservations devaient être faites des mois à l'avance, d'après ceux que j'avais rencontrés au College.

Dans quelques mois, je serais desséchée comme une vieille pomme, parce que je n'aurais plus d'argent pour m'acheter une bouteille d'eau, ai-je constaté. J'allais tout simplement me rendre à l'aéroport et m'enchaîner à une aile ! Qu'est-ce que j'avais à perdre ? S'ils voulaient ils pouvaient m'enregistrer comme bagage et me fourrer dans la soute !

Cette nuit, j'allais investir mes derniers dollars dans un lit à l'auberge de jeunesse. Si jamais je la retrouvais.

J'ai aperçu un McDonald's. Dieu bénisse McDonald's. J'y suis entrée en trottinant et j'ai commandé un café. Rien d'autre, je n'avais pas faim. Mon ventre était encore tellement plein qu'il n'aurait pas supporté le moindre petit morceau de hamburger. Comme d'habitude, j'ai avant tout visé les toilettes. C'est que j'avais eu une idée de génie. J'allais faire en sorte de devenir invisible.

Je me suis glissée dans un pull usé, un jean sale et une paire de baskets sortis de mon sac à dos, ensuite j'ai caché mes cheveux sous une casquette de base-ball que j'avais achetée pour Knotte. La visière dans la nuque. Quelques traits de crayon sur le visage et voilà : j'avais l'air d'un ado qui ne se souciait pas trop de l'hygiène. Je n'avais pas trop de mal à me déguiser en mec. Elancée comme un joueur de basket, légèrement penchée en avant en marchant et un tour de poitrine qui ne ferait guère saliver un producteur d'Hollywood.

Il me semblait plus sûr de traverser les quartiers inconnus en tant que garçon, surtout en tant que garçon qui n'avait pas l'air d'avoir beaucoup d'argent de poche.

Une erreur d'appréciation, je l'avoue. Mais qu'attendez-vous de quelqu'un qui n'a vu Los Angeles qu'à la télé ?

La dernière chose que j'ai faite c'était de sortir le porte-monnaie de Knotte et de me le mettre autour du cou. Comme une des amulettes de Malin, ai-je pensé.

UNE ARMOIRE AUX DENTS POINTUES

Haletante et gémissante, je me suis dirigée vers ce que je croyais être Second Street. Mon sac à dos de merde commençait à me taper sur les nerfs. Je l'avais trimballé à travers deux continents et il était en train de fusionner peu à peu avec mon dos. Le poser juste une minute, telle était ma seule et unique pensée. Mais je n'avais pas les moyens de m'offrir un taxi.

Et là – mon vœu s'est exaucé.

L'instant d'avant je longeais encore une rue illuminée avec des maisons et des villas normales, des maisons assez jolies mêmes, entourées de jardins soignés. Pas un bidonville, ça se voyait tout de suite aux panneaux qui ornaient toutes les clôtures. "*Armed response*" – pour moi, ça voulait dire que celui qui sautait par-dessus la clôture était aussitôt abattu. J'étais également passée devant un panneau jaune intimidant où des lettres noires semblaient dire que toute personne au physique pas très catholique qui traînerait dans les environs serait arrêtée. J'ai accéléré en essayant d'avoir l'air responsable et occupé. Mais pas trop non plus, pour ne pas sembler valoir la peine d'être plumée. Un numéro d'équilibriste assez compliqué.

Au bout d'une rue transversale, j'ai aperçu des réverbères, signe qu'un grand boulevard était parallèle à la rue où je me trouvais. Vaut peut-être mieux se rendre là-bas, me suis-je dit, comme ça, je pourrais au moins essayer de m'orienter. Et hop ! J'ai bifurqué dans la rue suivante. Toujours au galop pour ne pas avoir l'air louche.

C'est pourquoi je n'ai pas eu le temps de regarder devant moi. Ou disons plutôt, de regarder derrière moi.

Soudainement, j'ai remarqué que cette rue perpendiculaire était un cul-de-sac. Ça ne se voyait pas tout de suite, car elle n'était pas particulièrement éclairée. Quelques réverbères fonctionnaient, les autres avaient rendu l'âme. Et les deux rangées de maisons à gauche et à droite n'étaient visiblement pas celles d'un quartier résidentiel ! Les baraques tombées en ruines, les fenêtres au rez-de-chaussée barricadées par des planches, l'épave d'une bagnole au pied d'un réverbère. Que faire ? Demi-tour ou escalader le mur au bout de la rue ? Il n'était pas très haut, je pourrais monter sur une poubelle. D'après les bruits de voitures de l'autre côté du mur, le boulevard ne pouvait pas être bien loin. A part ça, tout était silencieux et abandonné.

J'ai posé mon sac à dos sur le capot de l'épave et j'en ai sorti le plan de la ville. Je n'y ai jeté qu'un bref coup d'œil, mais quand j'ai relevé la tête, il y avait trois armoires à glace au coin de la rue d'où j'étais venue. Je ne les avais pas entendus approcher.

Leurs trois paires d'yeux étaient rivées sur moi. Le film de ma vie s'est déroulé dans ma tête, comme on dit.

That's it ! Maintenant j'allais subir la punition pour tout ce que j'avais fait.

La pire était l'armoire du milieu. Il était blanc et, dans la pénombre, ses dents ressemblaient aux canines d'un fauve – est-ce qu'il les avait aiguisées ? Son sourire paraissait vicieux, comme s'il jouait avec la pensée de goûter ma chair, juste pour le plaisir. Les autres étaient apparemment latinos. L'un a craché nonchalamment dans ma direction, alors que l'autre a mis son pouce derrière sa ceinture pour remonter son pantalon. Ils ne prendraient sans doute pas part au festin, sauf pour tendre couteau et fourchette à leur pote.

Ils se sont approchés sans se presser. J'ai louché vers le mur au bout de la rue. Est-ce que je réussirais à passer par-dessus ?

Oublie ça, Linnea. Ils ne feraient que te tirer une balle dans le derrière, te poignarder ou te mordre.

Une de ces combines touchantes genre "Je suis une pauvre petite fille perdue..." n'était pas non plus envisageable. D'un côté, ce n'était pas mon style, d'un autre côté, je venais d'effacer soigneusement tous les traits féminins de mon visage.

Ils se sont plantés devant moi.

"Tu t'es sans doute perdu, mon vieux !" a dit l'armoire du milieu. Ses dents n'étaient visiblement pas aiguisées, juste super pourries. Il ricanait comme un loup.

Ses deux acolytes ont éclaté de rire. L'un a tendu la main vers moi. S'il n'y avait pas eu la voiture derrière moi, j'aurais marché à reculons jusqu'au mur.

Il a sorti le porte-monnaie de sous mon pull, tandis que je le fixais comme une poule hypnotisée. Craaatch ! D'un seul mouvement, il a déchiré le fil.

Il a versé les pièces étrangères dans sa main.

"Wow ! Il a la bougeotte, celui-là !" a-t-il dit.

Le loup s'est ébroué. "Peanuts !" a-t-il fait. "Allez, on va l'aider à porter son sac à dos. On est sympas, non ?"

Sans os, comme une poupée de chiffon, je me suis laissé prendre le sac à dos. L'un d'entre eux m'a donné un coup de pied au cul et je suis tombée vers l'avant en atterrissant sur ma main blessée. Je me suis mise à couiner en m'éloignant discrètement à quatre pattes dans la direction d'où j'étais venue.

J'ai osé jeter un regard par-dessus les épaules. Ils fouillaient dans mon sac à dos. Mes vêtements sales volaient dans l'air.

Je me suis remise debout pour courir aussi vite que je pouvais. C'était comme dans un rêve, vous savez – quand on a l'impression de ne pas avancer d'un centimètre.

Mais, apparemment, j'avais réussi à m'échapper. Il m'a fallu à peine quelques secondes pour arriver au coin de la rue. Avec ce tempo, j'aurais sans doute gagné aux championnats d'école.

Hum, au moins je n'étais plus obligée de trimballer le sac à dos avec moi.

NOTHING LEFT TO LOSE

Ça peut sembler bizarre, mais j'étais presque de bonne humeur, quand je me suis retrouvée dans la rue éclairée, tremblante comme un chien mouillé. Que voulais-je de plus, j'étais vivante ! Et j'avais sauvé mon derrière et mes dents !

En ce qui concerne les affaires dans le sac à dos, il n'y avait rien de grande valeur. La seule chose que je regretterais était le joli bloc-notes de grand-mère. Et mon portefeuille qui avait été enroulé dans mon short sale.

Mais mon passeport et mon billet retour étaient dans mon slip. Plus dix dollars. C'était grand-mère qui m'avait appris cette astuce. Garde toujours un peu d'argent sur toi quand tu voyages, en cas d'urgence ! Mille mercis, grand-mère – je te suis plus reconnaissante pour les dix dollars que pour les quinze mille couronnes. J'espère que tu comprends. Comme ça, au moins j'allais éviter d'avoir à mendier pour arriver à l'aéroport. Je ne savais pas comment m'y prendre.

Devant une entrée, j'ai sorti en catimini le billet de mon slip, puis je me suis débrouillée pour trouver un boulevard où il y avait des bus qui allaient au

LAX International Airport. J'ai demandé mon chemin dans des stations-service et des kiosques. Les gens étaient tous très gentils, une femme m'a même offert un *doughnut.* Il était trois heures du matin, mais les bus faisaient aussi le trajet pour l'aéroport durant la nuit.

Mon seul souci demeurait ma main – à chaque battement de cœur, des flèches brûlantes traversaient mon avant-bras.

Si jamais je rentrais un jour à la maison, ce serait en tant qu'invalide de guerre. Peut-être pas avec une jambe de bois, mais probablement avec un bras en moins ! J'avais assez de jugeote pour comprendre qu'on ne devait pas soigner d'importantes brûlures de la manière dont je m'étais occupée de la mienne pendant les dernières vingt-quatre heures. Je n'osais même pas enlever le pansement.

Oui, oui. Bonjour la liberté, mais seulement après être passée par les bonnes vieilles urgences suédoises !

Moins d'une heure plus tard, j'étais à l'aéroport, j'avais pissé et m'étais lavée provisoirement avec une main. Ensuite je me suis allongée sur un banc, un *LA Times* sous la tête. Je n'avais pas la moindre peur – freedom's just another word for nothing left to lose !

Vers sept heures, j'ai commencé une lutte rapprochée contre Delta Air Lines, qui a duré toute la journée. Les employés ne m'adressaient la parole que si personne d'autre n'attendait devant leur guichet, ce qui arrivait de temps en temps entre deux vols. D'habitude, on traite des petits enfants de cette manière quand ils entrent, avec quelques pièces dans leurs mains moites, dans un kiosque pour acheter des sucreries.

Pour eux, j'étais invisible. Des êtres au bout du rouleau n'étaient apparemment pas censés traverser l'Atlantique – en tout cas, ils n'étaient pas censés se planter là, insolents, tentant de s'incruster sans réservation. Ils ne m'écoutaient jamais assez longtemps pour que je puisse leur servir mon histoire inventée à propos d'un cas de maladie dans ma famille en Suède et de l'urgence absolue. A chaque fois, ils m'envoyaient promener en me disant que tout était complet.

Peu après trois heures, une nouvelle fille est arrivée derrière le guichet. Elle n'avait pas vu mes précédentes tentatives et semblait être une véritable altruiste. Merci mon Dieu, de telles personnes existent encore sur Terre, je retire toutes les méchancetés que j'ai pensées sur toi ces derniers jours ! Elle m'a réservé une place en classe économique dans un avion qui décollait le soir même via New York et avec une correspondance à Londres pour Stockholm. L'avion était à moitié vide. La fille m'a même offert un chewing-gum.

"Tu auras à manger dans l'avion !" a-t-elle dit en riant comme un ange de l'armée céleste.

Une fois à bord, je suis tombée la tête la première de la corde raide sur laquelle j'avais dansé et je me suis mise à trembler. En plus, j'ai commencé à sentir la fièvre monter. La septicémie était-elle en train d'atteindre mon cœur ? Quelques instants plus tard, je m'étais profondément endormie. Ils ont été obligés de me secouer pour me réveiller à New York. Ha ha, au moins je n'avais pas de souci à me faire au sujet du transfert de mes bagages ! Je n'avais qu'un "bagage à main", un sac plastique, que j'avais piqué au Taxfree du LAX, dans lequel il y avait des brochures d'avion étincelantes, mon passeport et le billet. Je l'ai fait passer solennellement aux rayons X aux contrôles de New York et de Londres.

Vous vous demandez si j'avais envie de m'arrêter quelque temps à Londres ? Bien sûr que non ! A ce moment-là, j'étais déterminée à ne plus jamais quitter notre appartement, plus jamais. Je voulais passer ma vie dans l'espace étroitement limité de mon lit et de la salle de bains, avec de brèves escales à la cuisine. Si quelqu'un voulait avoir affaire à moi, il n'aurait qu'à envoyer une lettre.

Pendant la dernière partie du voyage, j'ai dormi tout mon soûl et mangé tout ce qui me venait entre les mains. Une hôtesse de l'air anglaise m'a fait un clin d'œil et m'a filé une deuxième portion. Il y a des gentils partout, tout comme des enfoirés.

Quand on est arrivés à Arlanda, j'aurais aimé me jeter par terre pour embrasser la piste d'atterrissage, même si on ne la voyait que d'en haut. Je me suis glissée à travers le passage *Rien à déclarer* et suis passée devant la remise des bagages pour aller tout droit au téléphone le plus proche. J'ai choisi l'option "paiement par le destinataire" puis j'ai fait le numéro de la maison. J'ai pleuré de bonheur quand maman a décroché.

Elle était folle de joie mais en même temps toute retournée. Elle a eu du mal à comprendre pourquoi j'étais super contente de revenir à la maison, alors qu'elle s'était cassé la tête pendant plus d'une semaine pour savoir pour quelle raison j'étais partie ! Mais elle a tout de suite mis en branle la grande machinerie, s'est précipitée à l'aéroport pour me payer un billet pour le dernier vol du soir. Quand je suis arrivée, elle m'attendait, en pleurs, un bouquet de fleurs dans la main, qui se composait principalement d'une impatience qu'elle avait arrachée d'un pot de fleurs à la maison. Elle m'a enlacée la fleur à la main et m'a serrée si fort que mes dents claquaient.

Ça faisait une semaine et demie que j'avais quitté la maison. J'avais l'impression d'avoir été absente pendant un an et demi.

LES CAFARDS ONT LA BELLE VIE

On est directement allées aux urgences les plus proches pour faire enlever le pansement. C'était comme si on m'arrachait la moitié de la main et la vue de la blessure m'a donné la nausée. Même l'infirmière a laissé entendre un tss-tss-tss gêné et est allée chercher un médecin. Celui-ci m'a bien fait la morale, ce qui m'a carrément réconfortée. On avait presque l'impression qu'il s'inquiétait pour moi. Ils m'ont fait une anesthésie locale et ont fourragé un peu dans la blessure, pendant que maman et moi regardions désespérément dans une autre direction. Quand ils ont eu terminé, ils ont répandu sur la blessure un peu de poudre qui sentait l'odeur rassurante de l'hôpital, puis ils ont mis un épais pansement autour de la main. Et ensuite j'ai enfin pu rentrer à la maison. Et prendre une douche, la main protégée dans un sac plastique. Maman m'a lavé les cheveux, comme si j'étais une gamine. Puis je me suis retrouvée dans mon lit, quel bonheur indescriptible !

Le lendemain matin, Ingo a tourné autour de moi comme une abeille en me tapotant sur l'épaule dès qu'il m'approchait. Ce qui n'était pas si facile, vu que Knotte me collait tout le temps comme un sparadrap. Il voulait sans cesse entendre comment sa collection de pièces m'avait sauvé la vie.

"Est-ce qu'ils t'auraient bousillée s'ils avaient cru que t'avais plus d'argent ?

— C'est clair. Mais du coup on a perdu toute ta collection, Knotte – tu penses que ça en valait la peine ?"

Il a réfléchi pendant un moment en soupirant à voix basse. Puis il a dit qu'il n'aurait pas de mal à collectionner de nouvelles pièces. Il s'est mis derrière moi et m'a serrée très fort. J'avais l'impression de porter mon bon vieux sac à dos.

Peu après, Ingo et Knotte ont quitté l'appartement pour quelques heures. Maman et moi avions besoin d'un peu de temps pour parler.

Avant, à chaque fois que je ressentais le besoin de raconter, c'était grand-mère qui tenait le rôle de confidente. Elle est, pour ainsi dire, la boîte à soucis de notre famille. Maman est toujours super occupée, la pauvre. Elle a encore un bon bout de chemin à faire pour trouver la sagesse. Elle le reconnaît elle-même.

Mais grand-mère n'était bien évidemment toujours pas rentrée de voyage, je devais donc me rabattre sur maman. Et j'ai mis toutes les cartes sur la table, jusqu'au dernier deux de pique. Maman a de temps en temps cligné des yeux, mais en gros elle a supporté le choc et ne m'a pas interrompue une seule fois.

"Que va dire grand-mère quand elle apprendra que j'ai gaspillé ses quinze mille couronnes pour rien ?"

ai-je demandé, une fois arrivée à la fin de mon récit.

Maman a expiré par le nez.

“Je lui en toucherai quelques mots ! a-t-elle dit. Mais… Comme je la connais, elle dira sûrement que t’as eu un tas de choses pour ton argent.

— Quoi ? Comment ça ?”

Elle a réfléchi. “Ben ! Demande-toi comment tu aurais pu utiliser l’argent autrement. Tu as une idée ? Quinze mille couronnes ?

— Ouaaiiis… Quelques semaines aux Maldives, une cabane à la plage et un cuistot à trois étoiles ? Ou peut-être deux semaines à LA ! J’aurais pu descendre au Beverly Hilton et aller voir Disneyland et Hollywood, toutes ces choses que je n’ai pas pu visiter… J’aurais pu m’acheter des vêtements de marque, un bon lecteur de disques et un téléphone portable. J’aurais pu me faire aspirer la graisse des joues !

— Voilà, tu vois. Rien qui t’aurait marquée durablement. Et qu’est-ce que tu as eu à la place ?

— Une brûlure infectée ? Des ampoules aux pieds ? Une confiance en moi affaiblie ?

— Je vais te dire ce que tu as eu pour l’argent, a dit maman. Ecoute-moi bien. En une semaine tu as plus appris que d’autres dans la moitié de leur vie. Tu as vu les coulisses de toutes ces séries télé ! Que les hommes vivent dans des conditions tout à fait différentes les uns des autres…”

— Maintenant tu vas certainement dire un truc politique, non ? Fais gaffe que je ne te remette pas à ta place ! Tes expériences à la con, j’aurais pu les lire dans un bouquin que j'aurais pu emprunter à la biblio ! Et ça ne m'aurait rien coûté !

— C'est des conneries, rien n'est gratuit. En plus, c'est beaucoup mieux d'apprendre par l'expérience ! C'est d'ailleurs aussi valable en ce qui concerne l'escroquerie du mariage !

— C'est une expérience très précieuse d'être le chaperon rouge le plus débile de tout le siècle ! Qui tombe amoureuse du méchant loup !

— N'exagère pas, tu n'es pas le premier chaperon rouge qui tombe amoureux d'un loup ! Ça arrive probablement à tous les chaperons rouges. Et est-ce que tu t'es déjà demandé ce que lui t'avait donné ? Tu sais bien que la première fois peut-être une cata totale... tellement horrible qu'on ne s'en remette pas si vite. Ce Mark a mis la barre assez haut, maintenant tu sais au moins que tu ne dois pas te contenter de moins."

Sa voix était un peu bizarre, quand elle a dit ça. J'ai entendu clairement qu'elle se donnait du mal pour voir le côté positif de tout ça. Petite maman Pollyanna.

"Et comment crois-tu qu'on se sent quand le premier avec lequel on a couché t'arnaque de telle manière ? me suis-je plainte. Il a joué la comédie juste pour me piquer mon argent !

— Sois heureuse que ça n'ait pas duré plus longtemps ! Imagine-toi : si tu n'avais réalisé ça qu'après avoir vécu une relation profonde avec lui ! Et fait de la contrebande pour lui en faisant passer de mystérieux paquets à travers la douane. Il y a un tas de filles qui se retrouvent en prison en Asie, parce qu'elles sont restées trop longtemps avec leurs loups.

— Oui, mais...", ai-je répliqué en soupirant. J'ai pensé à ses yeux aux éclats dorés.

"D'ailleurs, je ne crois pas qu'il ait joué tout ça, pas tout le temps ! a continué maman. Des gens comme lui mentent de façon si convaincante qu'à la fin ils croient eux-mêmes ce qu'ils disent. C'est pour ça qu'on tombe dans leur piège ! Il n'y a pas de honte, ça peut arriver à tout le monde. Non, je suis sûre qu'il t'aimait bien. Par exemple, il t'a donné ses cinquante dollars, il aurait pu ne pas le faire. Et il t'a même mise en garde contre les autres loups, c'est presque un acte de bienveillance.

— Tu devrais faire psychologue scolaire, ai-je dit, fâchée. Selon la devise : nous-devons-encourager-nos-enfants-et-leur-donner-confiance-en-eux, etc."

Le visage de maman a tout d'un coup pâli. Elle était furieuse. "Ferme-la, espèce de chipie ! Je ne te laisserai pas me rouler dans la boue, juste parce que j'essaie de te comprendre ! Tu ne capteras probablement jamais comment je me suis sentie ces derniers jours, du moins pas tant que tu n'auras pas d'enfants ! Et si j'avais ne serait-ce que pressenti ce que tu as fabriqué, on aurait pu me ramasser à la petite cuillère ! Alors n'ose surtout pas me dire que tout ça est de ma faute !"

J'étais déprimée. Maman n'avait pas l'habitude de faire remarquer Les Attaques contre Elle. Elle n'est pas du genre Culpabilité-et-Honte. Il y a assez de parents qui sortent "Comment as-tu pu me faire ça !” comme si c’étaient eux les premiers concernés, quand leurs enfants étaient dans une mauvaise passe.

“Avant tout, on devrait réfléchir à ce qu’on va faire ! a dit maman. D’abord, le vol à l’étalage. Je ne crois pas que tes cartes soient aussi mauvaises que tu le crois. C’est à eux de prouver que tu es coupable. Il faut qu’ils trouvent quelqu’un qui dise aux policiers qu’il t’a vue voler quelque chose. Personne ne l’a fait jusqu’ici. Je t’accompagne au poste de police. Et je parlerai au principal pour…

— Non ! l’ai-je interrompue. J’y vais toute seule ! Chez le principal comme à la police !”

Je n’avais pas envie d’être encore plus gâtée.

“Ça, tu ne l’aurais pas fait il y a deux semaines. Ça vaut déjà 7500 couronnes, non ? Mais est-ce que je peux au moins appeler ton père pour lui dire que tu as rencontré les Banks ? a demandé maman en me jetant un sourire perfide. Il n’a pas arrêté de dire combien ces gens étaient formidables. Je pourrais lui proposer de les appeler afin de les remercier pour leur hospitalité ! Je me demande comment ils réagiraient.”

Ne restait que Malin.

J’ai dormi quelques heures, puis maman m’a emmenée chez elle en voiture. Il fallait résoudre ça entre quatre yeux, au téléphone je ne savais jamais ce que Malin pensait réellement.

Elle a ouvert la porte, ses deux mains enveloppées dans des pansements épais. Pendant un moment, chacune a fixé les paluches de l’autre, puis on a éclaté d’un rire presque hystérique. On n’a bien évidemment pas pu s'empêcher d'échanger nos expériences, et tout à coup la bonne vieille amitié a été de retour. On a évité toutes les deux d'évoquer la sorcellerie, mais je lui ai parlé de ma rencontre avec Mark. J'ai enjolivé l'histoire, de sorte qu'à la fin le récit ressemblait à une série télé. Et Malin m'écoutait la bouche grande ouverte et avalait les miettes de pain comme un oisillon.

Je lui ai même raconté l'histoire des cafards.

“T'aurais dû être avec moi dans la cuisine, chère insupportable amie des animaux ! ai-je dit.

— Les cafards aussi ont le droit de vivre ! a-t-elle répliqué. Qui sait, ils ont peut-être la belle vie – à leur manière ?”

Je lui ai jeté un regard sévère. Elle m'a rendu ce regard, les yeux écarquillés.

Mais je suis presque sûre qu'elle se moquait de moi.

Les formules magiques utilisées par Malin sont pour la plupart issues d'un livre danois intitulé *Häxans handbok* (Manuel de la sorcière), écrit par Dannie Druehyld. Cependant, Malin les a souvent mal apprises ou interprétées – si vous voulez les essayer, vérifiez d'abord dans le livre avant de commencer.

TABLE

BABEL

Extrait du catalogue

1055. ANDRÉ BENCHETRIT
Impasse Marteau

1056. MARIE-SABINE ROGER
Les Encombrants

1057. PIERRE RABHI
Manifeste pour la Terre et l'Humanisme

1058. MOHED ALTRAD
Badawi

1059. AKIRA YOSHIMURA
Le Convoi de l'eau

1060. SEFI ATTA
Le meilleur reste à venir

1061. LIEVE JORIS
Les Hauts Plateaux

1062. FRANS DE WAAL
L'Age de l'empathie

1063. PAUL AUSTER
Seul dans le noir

COÉDITION ACTES SUD – LEMÉAC

Ouvrage réalisé
par l'Atelier graphique Actes Sud.
Achevé d'imprimer
en mai 2011
par Normandie Roto Impression s.a.s.
61250 Lonrai
sur papier fabriqué à partir de bois provenant
de forêts gérées durablement (www.fsc.org)
pour le compte
des éditions Actes Sud
Le Méjan
Place Nina-Berberova
13200 Arles.

Dépôt légal
1re édition : juin 2011
N° impr. : 111935
(Imprimé en France)